Slag om de Rivierplaat

Een roman uit de Tweede Wereldoorlog

Richard G. Hole

Slag om de Rivierplaat
Een roman uit de Tweede Wereldoorlog

Richard G. Hole

Tweede Wereldoorlog

KORTE INHOUD

Bij het uitbreken van de Tweede Wereldoorlog was Engelands maritieme superioriteit duidelijk. De beperkingen die door het Verdrag van Versailles aan Duitsland werden opgelegd, verhinderden de oprichting van een vloot die in staat was de Engelsen met kans van slagen het hoofd te bieden. En hoewel Duitsland als gevolg van de in 1935 tussen de twee mogendheden gesloten marineovereenkomst een grote impuls gaf aan de bouw van gevechtseenheden, bleef Groot-Brittannië, toen de oorlog uitbrak op 1 september 1939, de macht behouden in alle zeeën. .

De «Admiraal Graf Spee» was een slagschip in zakformaat dat door Duitsland werd gebouwd binnen de smalle marges die waren toegekend door de overwinnaars van de Eerste Wereldoorlog. Het vermogen was inferieur aan dat van de meeste schepen van de lijn van andere landen, maar de constructie was met de vereiste zorg en aandacht uitgevoerd, zodat de kwaliteit zoveel mogelijk compenseerde voor het verminderde tonnage en het kleinere kaliber. van haar kanonnen, vergeleken met andere slagschepen...

Slag om de Rivierplaat is een verhaal dat deel uitmaakt van de Tweede Wereldoorlog-collectie, een reeks oorlogsromans die zich afspelen in de Tweede Wereldoorlog.

SLAG OM DE RIVIERPLAAT

VOORWOORD

Bij het uitbreken van de Tweede Wereldoorlog was Engelands marineoverwicht duidelijk. De beperkingen die door het Verdrag van Versailles aan Duitsland werden opgelegd, verhinderden de oprichting van een vloot die in staat was de Engelsen met kans van slagen het hoofd te bieden. En hoewel Duitsland als gevolg van de in 1935 tussen de twee mogendheden gesloten marineovereenkomst een grote impuls gaf aan de bouw van gevechtseenheden, bleef Groot-Brittannië, toen de oorlog uitbrak op 1 september 1939, de macht behouden in alle zeeën. .

Duitsland, dat in het vorige conflict was geïnstrueerd, bereidde zich voor om de Engelse macht op zee te bestrijden door middel van onderzeeërwapens, die op het punt stonden een vreselijke ineenstorting van het geallieerde verkeer te veroorzaken, en de zeeroverschepen die, de meeste van hen, harde klappen uitdeelden die Engeland blijkbaar ; ze beschuldigde haar.

Er zijn altijd zeerovers geweest en er is geen natie die ze ooit heeft gebruikt. Ze zijn over het algemeen gebruikt door landen die op een bepaald moment geen commando over de zee hadden, of anders waren hun squadrons duidelijk in aantal en macht inferieur aan die van hun vijanden. Het doel is om te opereren in excentrieke gebieden die worden gedomineerd door vijandige vloten, die op geïsoleerde schepen of groepen daarvan jagen zonder voldoende bescherming. Hun belangrijkste wapens zijn verrassing, sluwheid, verhulling en snelheid, en hun tactieken veranderen voortdurend van plaats en situatie om te voorkomen dat ze worden gelokaliseerd en achtervolgd.

Duitsland gebruikte zeerovers in de twee wereldoorlogen en gebruikte oorlogsschepen of eenvoudige kooplieden die voor dat doel onduidelijk waren bewapend. Onder de eersten is het vermeldenswaard de pocket slagschepen «Lutzow» en «Admiral Scheer». De Lutzow maakte verschillende cruises, bracht tientallen koopvaardijschepen tot zinken en kon uiteindelijk terugkeren naar Duitsland. De tweede opereerde in 1940 in de Noord- en Zuid-Atlantische Oceaan en keerde ook terug na het tot zinken brengen van een Britse hulpkruiser en 152.000 koopvaardijton, waarvan 86.000 overeenkwamen met een konvooi dat volledig was vernietigd. Maar degene die de meeste aandacht van de wereld trok, was ongetwijfeld het pocket slagschip, de tweeling van de andere twee, "Admiraal Graf Spee", die na vele geallieerde oorlogseenheden enkele maanden onafgebroken te hebben laten kapseizen,

HOOFDSTUK I
HET VERTREK

De militaire haven van Wilhelmshaven, een belangrijke Duitse marinebasis, beleefde zeer hectische dagen. Verschillende oorlogsschepen, van verschillende typen en tonnage, lagen voor anker in de wateren, en daarin, in de verschillende dokken en pakhuizen van de basis, evenals in de diensten daarvan, kon een ongewone activiteit worden gewaardeerd. Van alle schepen, vanwege de belangstelling die eraan werd geschonken, was het feit dat een technicus het onmiddellijk zou hebben herkend als een van de drie pocket-slagschepen die de marine van het Derde Rijk op dat moment had, zeer opvallend; in het bijzonder de "admiraal Graf Spee".

Blijkbaar werd het schip bevoorraad, uitgerust en voorbereid zodat het spoedig naar zee kon worden gebracht, en het gekrijs van laadkranen vermengde zich met dat van de havenwagens, die constant in beweging waren, en de commandostemmen van de officieren.

Het was 23 augustus 1939 en het was bijna een week geleden dat er zorgvuldig voor het slagschip was gezorgd door de hele bemanning en door een groot deel van het personeel van de basis. Maar bij het vallen van de avond van diezelfde dag was het werk klaar, de bemanning van de Graf Spee kwam aan boord, de landmannen daalden af naar de dokken en het schip was klaar om het anker te wegen zodra het uit was. georganiseerd.

Een uur later echter, toen de zon onder de horizon begon te zakken, gingen twee mannen aan land en verlieten, nadat ze de havenpromenade waren overgestoken, de basis. Ze stapten in een kleine Mercedes die bij de buitenmuren geparkeerd stond, die prompt van start ging. Na verschillende straten van de stad te hebben doorkruist, naderde de auto een brede weg met hoge en corpulente bomen waar het eerste schemerlicht doorheen sijpelde. Beide mannen bleven stil, de een aandachtig bij het besturen van de auto en de ander in gedachten verzonken.

'Heb je een sigaret, Helmut?' vroeg de chauffeur.

Degene die Helmut heette, haalde uit een binnenzak een chique sigarettenkoker, die hij aan zijn metgezel gaf nadat hij die had geopend. Toen nam ook hij een sigaret en nam een diepe trek.

'Ik denk dat je gelijk hebt,' zei hij ten slotte. Dat is heel raar. Nooit in mijn jaren bij de marine heb ik een schip in zo'n mate en met zo'n overvloed aan details bevoorraad gezien. Zelfs niet tijdens manoeuvres hebben we ooit zo'n hoeveelheid houwitsers en torpedo's vervoerd, en als we eraan toevoegen dat niemand, behalve Langsdorff, weet waar we heen gaan, begin ik te vermoeden dat er een kat in dit alles zit, een kat met fijne tanden en stalen nagels.

"Helmut", zei de ander. Gedurende vele maanden heerst er in Europa een ijle atmosfeer. Vanwege deze en andere factoren zou het me niet verbazen als binnenkort...

"Wat?

"Niets, laten we het zo houden.

Helmut leunde achterover in zijn stoel, duwde zijn pet zo ver mogelijk naar achteren en riep uit:

"Ik zal voor u besluiten... binnenkort zal de «Graf Spee» gaan jagen in de Atlantische Oceaan.

Zijn metgezel keek hem even vanuit zijn ooghoeken aan en concentreerde zich onmiddellijk weer op de manoeuvres van de auto, die, met aanzienlijke snelheid gelanceerd, kilometer na kilometer verslond.

Minuten later verlieten de "Mercedes" de snelweg en namen een smal pad dat door een klein bos slingerde en stopte naast een prachtig herenhuis waarvan de muren een groot aantal klimop en wijnstokken beklommen.

"Ik zou graag willen dat je me een plezier doet", zei degene die achter het stuur zat, voordat hij de auto verliet.

"Jij zegt, Karl" zei Helmut op zijn beurt.

'Ik zou het op prijs stellen als je geen woord zou zeggen over wat je denkt in Naty's aanwezigheid. Ze gelooft dat onze mars een van de vele is, misschien iets langer, maar niet belangrijk. Ik wou dat ze dat zou blijven geloven.

"Maak je geen zorgen, ik zal niets zeggen.

Karl drukte op de bel en de deur ging meteen open, waardoor ze allebei binnenkwamen.

"Goedemiddag, mevrouw Müller" begroette Karl. 'Helmut en ik zijn gekomen om afscheid van je te nemen. We vertrekken vanavond.

"Alweer?" vroeg mevrouw Müller verbaasd. "Maar het is nog geen vijftien dagen geleden sinds je aankwam. Men ziet dat zeelieden hun leven in het water moeten doorbrengen. Wat een beroep, mijn God! Harold deed hetzelfde; hij was vandaag thuis en plotseling was hij links om onverwacht weer te verschijnen. Ga ten slotte naar de kamer. Ik bel Naty meteen.

Karl en Helmut zagen Naty's moeder verdwijnen en even later weer verschijnen in het gezelschap van haar dochter, een meisje van ongeveer achttien jaar oud, opvallend donker, met gitzwart haar en even zwarte en schitterende ogen. Haar lengte was meer dan gemiddeld en haar lichaam was over het algemeen niet ver van perfect.

Beide mannen stonden op en Helmut, zijn mond verdraaiend, alsof hij wenste dat zijn woorden alleen door zijn vriend zouden worden opgepikt, zei:

'Ik feliciteer je uitbundig. Naty wordt elke dag mooier. Ze is een echte schoonheid.

Karl gaf zijn vriend een 'liefdevol' duwtje, waardoor hij dringend in zijn maag moest voelen, en kwam op de twee vrouwen af.

Naty bleef stil, stil, met haar blik op Karl gericht, die, eenmaal naast haar, haar handen in de zijne nam.

'Naty, we gaan over een paar uur varen. De gebeurtenissen zijn vooruitgegaan en Helmut en ik hebben onze hindernissen genomen om u te kunnen komen uitzwaaien.

Het meisje zweeg nog steeds.

"Hoe dan ook", vervolgde hij, "ik hoop over een paar weken terug te zijn. Ik weet dat je er nooit aan zult wennen, maar ondanks mezelf, is het niet mogelijk om iets anders te doen. Je weet dat het me net zo spijt als jij of misschien meer.

'Waar ga je heen? vroeg Naty uiteindelijk.

Karl schraapte onwillekeurig zijn keel, likte zijn lippen en zei:

"We weten het nog niet zeker, maar blijkbaar zijn we bezig met manoeuvres in de Noord-Atlantische Oceaan, voor de kust van Noorwegen.

"Nee, Karl "ontkende haar"; Je zult nooit een goede leugenaar zijn. Ik weet niet waarom, maar er is iets dat me zegt dat deze tijd niet is zoals de vorige, dat het lang zal duren voordat ik je weer kan zien.

'In godsnaam, Naty' protesteerde hij; Je praat alsof me iets ergs gaat gebeuren. Manoeuvres verlaten brengt geen enkel gevaar met zich mee...

Helmut, die tot dan toe slechts toeschouwer was gebleven, onderbrak zijn vriend met een geforceerde lach die het meisje deed huiveren.

'Denk je dat we oorlog gaan voeren? vroeg hij, toen het gelach op zijn lippen was weggestorven.

Naty's ogen, strak en diep, dwongen hem weg te kijken.

'Ik heb niet zoveel gezegd, Helmut,' verzekerde ze haar woorden zwaar.

Karl wilde dat de aarde zijn roekeloze vriend zou opslokken. Blijkbaar had hij een nieuw idee in haar geest aangewakkerd.

'Hé, Helmut,' zei hij. Waarom vraagt u mevrouw Müller niet om u haar prachtige kas te laten zien?

'Ik denk dat het maar het beste is,' zei zijn vriend, terwijl hij met de wijsvinger van zijn rechterhand over zijn hoofd krabde en in het gezelschap van Naty's moeder door de deur verdween.

Toen Karl en het meisje alleen waren, ging ze zo hoog mogelijk op de punten van haar schoenen staan, drukte haar gezicht tegen het zijne en sloeg haar welgevormde armen om zijn nek.

'Karl, vertel me de waarheid. Waar ga je heen?

Hij ontdeed zich van Naty's omhelzing en deed een paar stappen naar het raam en staarde door het glas. Helmut luisterde aandachtig naar de uitleg die mevrouw Müller hem over de planten gaf. De uitdrukking van heilige berusting van zijn vriend deed hem glimlachen.

'Ik kan het je niet vertellen, want ik weet het niet. Alleen Langsdorff weet het," zei hij zonder zich om te draaien. "Ik heb me echter voorgesteld om voor u te verbergen wat ik geloof, wat we allemaal geloven; maar nu weet je maar beter dat ik zie dat je iets vermoedt.

'Natuurlijk vermoed ik! "verzekerde ze". Bovendien weet ik het. Sinds een aantal dagen observeer ik jou en Helmut, ik heb veel van je woorden vastgelegd waarvan je dacht dat ze geen betekenis voor mij hadden...

'Prima,' viel Karl in. De algemene overtuiging is dat er spoedig oorlog zal uitbreken en dat de Graf Spee nu de zee op gaat om in het theater te staan. We kunnen het mis hebben, maar het zou me zeer verbazen.

Er viel een grote stilte na Karls woorden. Alleen het geluid van een klok op de open haard verstoorde de stilte van de omgeving.

'Oorlog!' riep Naty uit, terwijl ze zich langzaam in een stoel liet vallen. Haar wangen waren intens bleek en haar ogen waren verloren op een punt dat ik oneindig las.

"Ja, de oorlog", bevestigde hij. Het is een aanname, maar gegrond. Sinds enkele dagen zijn we het schip aan het voorbereiden op een lange reis. De medische diensten hebben alle mannen van de bemanning één voor één beoordeeld en velen hebben ze ontslagen wegens tijdelijke ongesteldheid waarmee in andere omstandigheden geen rekening zou zijn gehouden. We hebben een groot aantal granaten en allerlei soorten granaten verscheept, waaronder enkele tientallen torpedo's. De ruimen liggen vol met meel en allerlei soorten proviand en de tanks staan vol met water om over te lopen, en alsof dit nog niet genoeg was, werd Langsdorff gisteren urenlang opgesloten in zijn kamer terwijl hij praatte met drie hooggeplaatste commandanten van de vloot . Dit alles heeft maar één verklaring. Alles is geregeld voor een specifiek doel en voor een specifieke en serieuze reden: oorlog.

'Ik zal tot God bidden dat je het bij het verkeerde eind hebt, Karl,' zei Naty met een nauwelijks waarneembare stem.

"Doe het, ja. Alleen Hij kan voorkomen wat mensen niet willen voorkomen.

Het meisje stond op en liep naar Karl toe en zocht haar toevlucht in zijn armen alsof ze zichzelf probeerde te beschermen tegen een onzichtbaar gevaar.

"Ik ben bang", zei ze. Een verschrikkelijke angst. Het idee om je voor altijd te verliezen maakt me ondraaglijk. Ik hou zoveel van je, Karl, dat als er iets ergs met je zou gebeuren, het voor mij niet mogelijk zou zijn om verder te leven.

'Je moet je niet zo druk maken, Naty. Zelfs als er zou gebeuren wat we allemaal vrezen, zou het niet nodig zijn dat mij iets ernstigs zou overkomen. Ook, wetende dat je op me wacht, zal ik terugkeren; Ik weet niet hoe of wanneer of op welke manier, maar ik kom terug, dat beloof ik.

'Bedankt, Karl, dat je me hebt aangemoedigd. Vrouwen zijn zo dom!

Ze sloeg haar ogen op naar de zijne, en hun lippen drukten stevig op elkaar. Seconden later trok Karl abrupt weg en keek op haar horloge.

'We moeten gaan, Naty.

"Nu al?

"Ja. Langsdorff heeft ons twee uur gegeven en het is bijna voorbij. Trouwens, hij heeft me de opdracht gegeven om jou en je moeder namens hem te begroeten. Hij is een groot man en als zeeman zijn er maar weinig die hem overtreffen. Hij heeft een ongewoon zelfvertrouwen Ik ben tevreden onder zijn bevel te staan.

Op dat moment kwamen mevrouw Müller en Helmut terug uit de tuin. Naty's moeder kon de voldoening niet verbergen die ze had gevoeld toen ze iemand haar uitgebreide collectie planten en bloemen had kunnen laten zien, zich uitgebreid in lange pseudo-wetenschappelijke verklaringen. Het leek Karl dat zijn vriend totaal uitgeput en ziek was.

Beide vrouwen vergezelden de twee mannen naar de auto. Naty, haar ogen gevuld met tranen, omhelsde Karl voor de laatste keer.

'Dat kan ik nooit vergeten, Karl,' zei ze snikkend. Ik kon het niet laten het in jou te herhalen.

Karl, die een intense bleekheid vertoonde, drong zich bijna bij het meisje vandaan, en na geduldig te hebben geluisterd naar de laatste aanbevelingen van mevrouw Müller, opende hij het portier van de auto en stapte in achter het stuur. Onmiddellijk begonnen de "Mercedes" terwijl Naty zwakjes met haar hand wuifde als teken van afscheid.

'Vergeet niet dat je beloofd hebt terug te komen,' riep ze, toen de auto al vijftig meter van haar verwijderd was.

'Ik zal het niet vergeten,' verzekerde Karl, terwijl hij zijn hoofd uit het raam stak. Al zou het beter zijn je nooit meer te zien,' mompelde hij tussen zijn tanden door.

Naty was al ver weg en ze kon zijn laatste woorden niet horen, maar Helmut hoorde ze wel, en verbazing, ongeloof en verdoving kwamen samen in zijn ogen.

HOOFDSTUK II
EEN "ZAKSLAGSCHIP"

'Wat heb je gezegd?' vroeg hij.

"Nee niets.

'Als ik het niet verkeerd heb verstaan, zei je net dat je liever nooit meer terug zou komen. Mag ik weten waarom?

"Je hebt het verkeerd begrepen.

"Nee, ik heb het niet verkeerd begrepen", verzekerde Helmut.

"Verander alstublieft van onderwerp.

'Karl, er is iets vreemds met je aan de hand, en probeer me niet te ontkennen. Ik merk het al heel lang, en je gedrag is vaak niet logisch. Je hebt de mooiste vriendin in de wijde omtrek en ze is slimmer dan de meeste vrouwen om op te starten, en het komt voor dat je in haar gezelschap de neiging hebt om attent, kil en humeurig te zijn. Wil je me vertellen wat er met je aan de hand is? Wil je haar niet? Als dat zo is, laat haar dan; maar dan zal ik je zeggen dat je volkomen idioot bent.

"Ik hou van haar met heel mijn ziel", verzekerde Karl, zodat zijn vriend niet aan zijn woorden kon twijfelen.

'Dus wat is er met je aan de hand?

Karel antwoordde niet. Helmut leunde achterover in zijn stoel en vond het niet verstandig om verder aan te dringen, maar kwam tot de conclusie dat het moeilijker was om zijn vriend te begrijpen dan om de cirkel te kwadrateren.

Een half uur later stopte de auto voor de hoofdingang van de basis, en de twee mannen klommen aan boord van het slagschip.

In de vroege ochtenduren, tussen het gekrijs van kettingen en sirenes door, werden de ligplaatsen van het schip losgemaakt, dat langzaam naar bakboord draaiend de monding van de haven naderde en kort daarna door de mist was opgeslokt verdween.

Het eerste ochtendgloren verraste het slagschip dat, al buiten de Duitse jurisdictiewateren, op weg was naar de Atlantische Oceaan.

De «Admiraal Graf Spee» was, zoals reeds gezegd, een slagschip dat samen met de «Lutzow» en «Admiral Scheer» door Duitsland werd gebouwd binnen de nauwe marges die door de overwinnaars waren toegestaan. uit de vorige wereldoorlog. Zijn kracht was inferieur aan die van de meeste linieschepen van andere landen, maar de constructie was met de nodige zorg en zorg uitgevoerd, zodat de kwaliteit ervan zoveel mogelijk compenseerde voor het verminderde tonnage en het kleinere kaliber. van haar kanonnen, vergeleken met andere slagschepen. Ze verplaatste iets meer dan tienduizend ton en was bewapend met vier kanonnen van 280 millimeter, verdeeld over drie torens, één voor en twee achter. Ze had ook vier kanonnen van 150 millimeter, acht torpedobuizen van 533 millimeter, verschillende luchtafweermachinegeweren en vier dieptebommenwerpers. Haar snelheid was minder dan vijfentwintig knopen, dus op dit punt was ze duidelijk inferieur aan de slagkruisers, waarvan vele groter en beter bewapend. Haar bemanning bestond uit duizend man, alle diensten inbegrepen, en dertig officieren, de kapitein en de tweede commandant niet meegerekend.

Zijn bevel was door de generale staf van de vloot toevertrouwd aan kapitein Hans Langsdorff, een uitstekende zeeman, uit een familie die nauw verbonden was met de zee en het squadron, en hij had al als eenvoudige cadet deelgenomen aan de Eerste Wereldoorlog in niet weinig gevechten tegen de Engelsen. Om het bevel over de "Graf Spee" te voeren en hem over de oceaan te leiden tijdens de moeilijke missie die hem was toegewezen, was Langsdorff de aangewezen man.

Onder de officieren waren luitenants Karl Weber en Helmut Berling. De eerste van hen was zevenentwintig geworden en was vijf jaar in actieve dienst bij de marine, natuurlijk de jaren van studie en praktijk aan de Academie niet meegerekend, waar hij vertrok met de rang van tweede luitenant. Zijn eerste bestemming was de kruiser

"Staal" van waaruit hij enige tijd later opsteeg naar het slagschip "Admiral Graf Spee".

Hij had geen familie. Zijn ouders stierven toen hij nog heel jong was en hij had geen herinnering aan hen. Een foto van zijn moeder, van wie hij nooit afscheid heeft genomen, en een oud horloge van zijn vader, vormden de som van goederen die hem door zijn voorgangers werden nagelaten. Hij werd opgevangen door een tante van hem, in wiens gezelschap hij het grootste deel van zijn leven doorbracht, voor hem zorgde met de genegenheid en zorg van een echte moeder en waakte over zijn eerste stappen in het leven. Toen Karl vele jaren later, al op de academie, hoorde van de dood van de goede vrouw, huilde hij om haar alsof zij het wezen was geweest dat hem haar leven had gegeven.

Helmut Berling was de oudste zoon van rijke industriëlen uit München, fabrikanten van kunstzijde, die hun zoon er niet van hadden kunnen weerhouden om zeeman te worden. Hij zei dat de atmosfeer van de fabriek hem verstikte en dat hij de zeebries nodig had om comfortabel te kunnen ademen. De familie-industrie kon voorlopig perfect worden uitgeoefend door zijn vader en later door zijn broers, aan wie hij genadig de rol afstond die in zijn tijd met hem zou kunnen overeenkomen. Zijn ouders stemden in met zijn wensen, ervan overtuigd dat de schok met de realiteit hem van zijn doeleinden zou afhouden. Maar Helmut zat al vele jaren bij de marine zonder ook maar het minste teken van spijt of vermoeidheid te tonen.

De twee jongens hadden elkaar twee jaar voordat de admiraal Graf Spee aan haar laatste cruise was begonnen ontmoet, toen Helmut op het slagschip was geplaatst, en ze waren snel verbroederd. Langsdorff had een hoge dunk van hen beiden, hoewel hij ze af en toe had moeten berispen; aan Helmut vanwege zijn buitensporige voorliefde voor amusement, en aan Karl vanwege zijn buitengewoon vreemde karakter, dat varieerde van de meest ongebreidelde verrukking tot de meest absolute moedeloosheid, van de meest geaccentueerde vreugde tot de meest onbegrijpelijke humeurigheid.

Toen het eerste licht van de dageraad op 24 augustus 1939 aan de horizon verscheen, baande het grootste deel van het Duitse slagschip zijn weg naar de zee, waarbij de meeste van zijn bedienden zich niet bewust waren van het feit dat ze spoedig de hoofdrolspelers zouden zijn van een van de de meest fascinerende avonturen in de Atlantische Oceaan door Duitse zeilers.

HOOFDSTUK III
DE EERSTE PROOI

Karl, leunend over het dolboord, staarde geïntrigeerd naar het silhouet van een koopvaardijschip, de "Altmark", dat sinds het verlaten van Wilhelmshaven hardnekkig in het kielzog van de "Graf Spee" volgde. Blijkbaar vergezelde de «Altmark» hen met een vaste missie, maar Karl kon hem niet vinden. De koopvaarder, hoewel gewapend, kon weinig of niets doen in geval van een gevecht. Hij was geen olietanker, wiens aanwezigheid gedeeltelijk gerechtvaardigd zou zijn geweest. Welk doel zou hij hebben?

Op 28 augustus bereikte het slagschip een punt ongeveer tussen de Canarische Eilanden en de Bahama's en naderde het een schip waarvan aanvankelijk iedereen dacht dat het Japans was, niet alleen vanwege bepaalde details van de constructie, maar ook omdat het koopvaardijschip Ussukuma heette. . Maar de algemene verbazing groeide tot het punt, toen de bemanning van de «Graf Spee» besefte dat het koopvaardijschip dat ze snel naderden, geen Japans was, maar een vermomde Duitse tanker, van waaruit het slagschip tankte en onmiddellijk de mars voortzette.

Vanaf dat moment twijfelde Karl niet meer aan de missie van het Duitse schip. Hij was er volledig van overtuigd dat er spoedig oorlog zou uitbreken; het was een kwestie van dagen, misschien weken, maar hij kon niet stoppen met komen. Kapitein Langsdorff zei niets, ondanks het feit dat hij wist dat zijn mannen het geheim al wisten. Hij beperkte zich tot glimlachen als de ogen van zijn officieren vragend op hem rustten.

Het antwoord was onmiddellijk. Op 1 september, toen bijna alle officieren na het middagmaal in de eetkamer waren verzameld, stormde een man naar binnen. Karl herkende hem meteen als een van de componenten van de telegrafie- en radiodiensten. Hij droeg een papier in zijn rechterhand, en na Kapitein Langsdorff te hebben begroet, overhandigde hij het. Hij ontvouwde het langzamer dan Karl had gewild, hoewel hij de inhoud van het rapport kende alsof hij het tientallen keren had gelezen. Langsdorff, uitgenodigd door zijn officieren, stond ernstig op.

'Heren,' zei hij, 'u gaat eindelijk weten wat u zich al zo vaak hebt afgevraagd en wat ongetwijfeld de meerderheid al aannam. Vandaag, 1 september 1939, is Duitsland in oorlog met Engeland en Frankrijk. De Poolse grens is op verschillende punten in de zegevierende mars naar Warschau overgestoken. Ik wil dat u uw mannen zo snel mogelijk aan dek brengt. Ik heb een paar woorden tegen u te zeggen."

De meeste officieren verlieten haastig de kamer om aan het bevel te voldoen. Het tumult was niet te beschrijven. Karel glimlachte.

Minuten later stond de volledige bemanning van het slagschip opgesteld. Langsdorff sprak zijn mannen vanaf de centrale brugcommandopost als volgt toe:

"Mariniers! Ik heb zojuist vernomen dat het Derde Rijk in oorlog is met Engeland en Frankrijk. Vanaf vandaag zal ons land een harde strijd beginnen tegen zijn vijanden, waarin alle Duitsers naar beste kunnen samenwerken. Krachtig zijn de krachten waartegen we zullen moeten vechten, maar veel groter is ons geloof en zekerheid in de overwinning. Om al deze redenen wordt de «Admiraal Graf Spee» vanaf dit precieze moment een zeeroversschip met de specifieke missie om het grootste aantal vijandelijke schepen op te sporen en te laten zinken en het verkeer over de Atlantische Oceaan te hinderen dat tegen de belangen van Duitsland zou kunnen indruisen. Ik twijfel er niet aan dat vanwege de grootsheid van ons vaderland en vanwege het prestige van de Duitse marine, ieder van ons de maximale inspanning zal leveren waartoe we in staat zijn, zelfs als dit ons tot de opoffering van ons leven leidt. .

Een oorverdovende schreeuw die eenstemmig uit de kelen van duizend mannen losbrak, steeg op van het slagschip en verspreidde zich over het hele oppervlak van de zee.

Vanaf dat moment zou het zeeroversschip voorzichtig moeten navigeren, altijd alert, verborgen tussen de golven van de oceaan, op zoek naar zijn prooi. Altijd waakzaam, altijd alert op de lijnen van de horizon, waar de silhouetten van zijn vijanden onverwachts konden verschijnen, moest de "Graf Spee" door de wateren navigeren als een kat die door het dichte oerwoud rent, wachtend op het gunstige slachtoffer dat diende als doelwit voor hun kanonnen.

Op dertien september, twee weken na het begin van de vijandelijkheden, was de Duitse zeerover gestationeerd in een gebied boven de evenaar, richting 200e van Freetown. Veertien dagen lang achtervolgde hij tevergeefs de passage van Engelse schepen, en op de zevenentwintigste zette hij koers naar de Amerikaanse kust en landde in Babia.

Op 30 september, 140 mijl 125e van Pernambuco, maakte de "Graf Spee" zijn eerste moord. Omstreeks veertien uur op de aangegeven dag voer het Duitse slagschip parallel aan de kust van Brazilië, toen rook werd waargenomen bij een peiling van 320°, wat onmiddellijk werd gemeld door bewakingsdiensten. Alle ogen waren gericht op de genoemde plaats en het werd geverifieerd dat er inderdaad een rookkolom boven de horizon opsteeg, twintig mijl verderop. Het slagschip manoeuvreerde en zette de boeg op het gelokaliseerde schip op volle snelheid op hem af. Al snel bleek dat het een Engelse koopman was, ongeveer vijfduizend ton en zwaar beladen, zoals aangegeven door de waterlijn. De Engelsen, die zo'n onaangename ontmoeting zeker niet hadden verwacht, identificeerden het oorlogsschip dat op hen af kwam pas toen het te laat was.

Langsdorff beval hem een bericht te sturen waarin hij hem opdroeg te stoppen en zich als gevangene over te geven, en kort daarna lag de "Clement", zoals het gevangengenomen schip werd genoemd, volkomen bewegingloos op de golven. Onmiddellijk bereikten verschillende speedboten vol gewapende matrozen en enkele officieren, waaronder Karl, de zijkanten van het Engelse schip en de inzittenden klommen aan boord.

De kapitein van de "Clement" danste aan dek. De bleekheid van zijn gezicht contrasteerde met zijn intens donkerblauwe uniform. Het grootste deel van de bemanning stond achter hem en sommige mannen hadden hun lippen op elkaar gepropt en hun handen gebald. In zijn ogen waren de meest tegenstrijdige emoties gemakkelijk te lezen.

Een Duitse luitenant naderde de kapitein van de koopvaarder, zwaaide naar hem met zijn hand op zijn pet en deelde hem mee dat hij en zijn mannen vanaf dat moment gevangenen van Duitsland waren en dat ze zich moesten voorbereiden om onmiddellijk naar de "Altmark" te worden overgebracht als zo een.

De motorboten voeren weer dubbel beladen uit en de "Clement" werd overgelaten aan de genade van het Duitse slagschip.

Karl bleef met enkele matrozen aan boord om de lading te inspecteren en de scheepsdocumentatie in beslag te nemen. De eerste bestond uit een grote hoeveelheid vlees, mogelijk Argentijns, en enkele tonnen ruwe rubber die de Clement in een Braziliaanse haven moet hebben geladen. In de kapiteinshut vond Karl de documentatie waarnaar hij op zoek was en het scheepslogboek, evenals andere dingen die hij ook liet meenemen voor het geval Langsdorff er iets aan zou kunnen hebben. Ze verlieten uiteindelijk het schip en keerden terug naar de Graf Spee.

Het Engelse schip schommelde zachtjes in de golven en schetste zijn silhouet aan de horizon in afwachting van de komst van de torpedo die het voor altijd in de oceaan zou begraven. Een wit kielzog verliet het Duitse slagschip in de richting van de 'Clement'. Een verschrikkelijke explosie, die zich over het hele oppervlak van de zee verspreidde, schokte de eerste prooi van de zeerover, die, dodelijk gewond, langzaam naar bakboord kantelde om een kwartier later onder water te verdwijnen.

De Engelse kapitein had tijd gehad om te melden dat hij in de klauwen van een Duits zeerovers-slagschip viel, en daarom achtte Langsdorff het verstandig om onmiddellijk van plaats te veranderen. Diezelfde dag zette hij koers naar de oostelijke Atlantische Oceaan en landde in Loanda (Angola).

HOOFDSTUK IV
IN VOLLE JACHT

Het zinken van de «Clement» signaleerde aan de Generale Staf van de Engelse vloot de aanwezigheid van een Duitse zeerover in de wateren van de Zuid-Atlantische Oceaan. Aangezien de meeste gevechtseenheden die Engeland in dat gebied bezat lichte kruisers waren, voor wie het pocket slagschip een ernstig gevaar vormde, werd er onmiddellijk een adequate strijdmacht voorbereid die, snel op zee gaand, de zeerover kon opjagen. voordat het meer schade aanrichtte op het geallieerde handelsverkeer.

Op 2 oktober 1939 verliet de zogenaamde "K"-troepenmacht onder bevel van vice-admiraal Wells "Scapa Flow". Deze strijdmacht «K» was samengesteld uit de volgende eenheden: de slagkruiser «Renown», met een gewicht van 32.000 ton, met zes kanonnen van 381 millimeter en twaalf kanonnen van 102 millimeter. Bovendien had ze een overvloed aan luchtafweergeschut, vier gevechtsvliegtuigen en ontwikkelde ze een snelheid van achtentwintig en een halve knop. Het vliegdekschip "Ark Royal", het modernste van de Britse vloot, verplaatst 22.000 ton en is bewapend met zestien kanonnen van 114 millimeter en verschillende luchtafweerkanonnen. Haar snelheid was tot dertig en een halve knopen, en haar zestig Swordfish en Jager vliegtuigen waren een machtige kracht. Vier torpedojagerescortes voltooiden de formatie.

De groepering was perfect bedacht. Renown was veel krachtiger dan admiraal Graf Spee en aanzienlijk sneller dan hij, en kon het zakschip relatief gemakkelijk overweldigen zodra het binnen het bereik van haar kanonnen werd gebracht. De vliegtuigen van de machtige "Ark Royal" zouden de Atlantische Oceaan overvliegen totdat ze de zeerover hadden gevonden en vervolgens de "Renown" naar hem toe zouden leiden.

Force "K" arriveerde op 12 oktober in Freetown, toen de "Graf Spee" in Ascension was, en na te hebben bijgetankt wat nodig was, ging het weer op zee in de richting van Sint-Helena. Bijna een maand lang verkende de Britse groep een groot gebied, begrensd door de parallel van Sint-Helena, de kust van Liberia en de 0e en 20e meridianen van de lengtegraad. Het vliegtuig van het vliegdekschip gunde zichzelf geen moment rust. Er werden dagelijks twee verkenningen uitgevoerd, één bij zonsopgang, die eindigde om tien uur, na vier uur vliegen, en een andere die om veertien uur begon en bij het vallen van de avond eindigde. Maar het was allemaal nutteloos; de Duitse zeerover kwam niet opdagen.

Het enige positieve resultaat dat in deze periode door de K-strijdmacht werd behaald, was de verovering van een Duits koopvaardijschip. Op 4 november signaleerde een «zwaardvis» de aanwezigheid van een Duits schip dat op weg was naar het midden van de Atlantische Oceaan. Het was de stoomboot "Uhenfels", die een rijke lading huiden, noten, kokosnoten en opium naar Duitsland vervoerde, ter waarde van tweehonderdvijftigduizend pond sterling. Ze werd gearresteerd en naar een Engelse basis gebracht.

Terwijl dit alles aan de gang was, had de "Graf Spee" zijn razzia's met uitzonderlijk succes voortgezet.

Nadat hij de «Clement» tot zinken had gebracht, en toen hij, op de vlucht voor een mogelijke val, richting Angola voer, zag hij op 5 oktober een ander Engels koopvaardijschip, de «Newton Beech», met een gewicht van 4.650 ton, en, zoals het reeds gezonken schip, zwaar beladen. De middag begon af te nemen en de eerste schaduwen van de schemering kleurden de oceaan zwart. Zodra de Engelse stoomboot de Duitse zeerover identificeerde, keerde ze naar bakboord en probeerde op volle snelheid weg te komen en in de nacht te verdwalen. Langsdorff realiseerde zich onmiddellijk wat de bedoelingen van de koopvaarder waren en beval dat de motoren hem moesten inhalen voordat het helemaal donker werd. Het zou voor de "Graf Spee" gemakkelijk zijn geweest om de "Newton Beech" met haar 280-ponders tot zinken te brengen, maar Langsdorff wilde het niet doen, in de eerste plaats omdat hij van plan was zoveel mogelijk granaten te sparen, aangezien zijn verblijf op de Atlantische Oceaan erg lang zou zijn en hij ze misschien op het laatste moment nodig zou hebben, en ten tweede omdat het de dood van de hele bemanning van het Engelse schip zou hebben betekend, wat hij wilde vermijden. Hoe dan ook, hij was er zeker van dat het schip in haar macht zou komen en het was niet nodig om dingen te forceren.

De Newton Beech voer met aanzienlijke snelheid, en hoewel de afstand tussen hem en de zeerover met de minuut kleiner werd, waren er nog twaalf mijl toen de nacht tussen hen inviel. Gelukkig was het volle maan, wat de achtervolging van het Engelse schip, dat steeds dichterbij kwam, enorm vergemakkelijkte. Om drie uur 's nachts waarschuwde Langsdorff de kapitein van de koopvaarder dat als hij niet binnen een kwartier stopte, hij zonder verdere waarschuwing door het slagschip tot zinken zou worden gebracht. De dreiging werd werkelijkheid en even later kwamen de Duitse matrozen aan boord, die het schip volledig bezetten. Bij het aanbreken van de dag werd de Engelse bemanning overgebracht naar de «Altmark», en nadat ze aan boord waren gegaan van de «Newton Beech» een bemanning van prooien, werden ze vergezeld door de bemanning en landden ze in Port Gentil (Frans Equatoriaal Afrika).

Twee dagen later veroverde hij de 4.220 ton wegende Ashlea, beladen met rijke huiden en gedroogde vis, die, getorpedeerd, zonk nadat de hele bemanning was verplaatst. De «Ashlea» was het derde schip dat door de Duitse zeerover werd veroverd en het tweede dat naar de bodem van de zee werd gestuurd.

Vanaf dat moment werd de "Graf Spee" tussen Frans Equatoriaal Afrika en Sierra Leone geplaatst, een vruchtbaar en geschikt gebied voor de jacht, en aangezien de "Newton Beech" er op dit moment geen gebruik van maakte, heeft het schip het tot zinken gebracht. 9 oktober naast een klein koraalrif.

De volgende dag, toen hij zeshonderd mijl ten westen van Ascension Island voer, verscheen plotseling een groot Engels koopvaardijschip, de 8.196 ton wegende Huntsman, voor zijn ogen. buig voor Ascension Island. Langsdorff was niet geïnteresseerd om te dicht bij dat punt te komen, omdat hij bang was dat er vijandelijke oorlogsschepen omheen zouden zijn; dus belde hij Karl, hoofd van een van de twintig centimeter hoge torentjes.

'Luitenant Weber', zei hij tegen hem. Stop me onmiddellijk bij dat schip. Zorg dat hij niet nog tien mijl vaart.

Kort na twee salvo's van de "Graf Spee" splitste de koopvaarder, die onmiddellijk stopte en zich overgaf aan het Duitse slagschip. Langsdorff zorgde ervoor dat een prijsbemanning aan boord ging en met hem meezeilde.

Op dat moment was de commandant van de Duitse zeerover er volkomen zeker van dat de Engelsen op de hoogte waren van zijn aanwezigheid in de Atlantische Oceaan en dat er al verschillende oorlogsschepen op zoek waren naar hem. Dus besloot hij de scène opnieuw te veranderen. Tot tweeëntwintig oktober voer hij in zigzag twee dagen naar het zuidwesten, twee dagen naar het zuiden en drie dagen naar het noordwesten.

Op de zeventiende bracht hij de Huntsman tot zinken, die al iets meer dan een week in zijn gezelschap voer. Het koopvaardijschip, getroffen door twee torpedo's, een in het midden en een in de achtersteven, die verschrikkelijke waterwegen opende, schudde tussen angstaanjagende stuiptrekkingen door en begon langzaam te zinken in een zee van schuim en grote wervelingen. Een paar minuten later was ze van het oppervlak verdwenen en voor de ogen van de Duitse matrozen die haar in haar doodsangst vergezelden.

De «Graf Spee» trok vervolgens naar het oosten en jaagde op de tweeëntwintigste dag op een nieuw koopvaardijschip, de

«Trevanion», van 5.299 ton, dat werd getorpedeerd en samen met zijn rijke lading hout tot zinken werd gebracht.

Twee dagen later riep Langsdorff zijn officieren bij zich. In de vergaderzaal zat de kapitein van het slagschip, met rechts van hem de plaatsvervangend commandant van het schip. De rest van de officieren bezetten de stoelen die aan weerszijden van een lange tafel waren geplaatst, sommigen bleven staan wegens gebrek aan voldoende ruimte. Karl praatte met Helmut en luitenant Stolff, zoals de rest van de officieren in groepen deden, wachtend op de komst van de laatste achterblijvers. Een paar seconden later werd de kamerdeur gesloten en stond Langsdorff op van zijn stoel en ging toen naar een kaart die aan een van de muren hing.

Als we een van hen op onze weg vinden, zou onze situatie buitengewoon moeilijk zijn. De "Graf Spee" kan niet concurreren met de meeste Engelse cruisers, omdat ze superieur zijn in kracht of snelheid. In beide gevallen zou onze jacht onmiddellijk beginnen en het duurde niet lang of we zouden een grote ploeg achter ons hebben. Onze tactiek kan niet anders zijn dan degene die we tot nu toe hebben gevolgd, dat wil zeggen, een snelle slag toebrengen in een bepaald gebied om er onmiddellijk uit te verdwijnen en weer op te duiken in een ander zo ver mogelijk weg. Alleen op deze manier zullen we voorkomen dat we op de voet worden gelokaliseerd en vervolgd. Het is mijn bedoeling om naar de Indische Oceaan te gaan en voorlopig de Atlantische Oceaan te verlaten; als ze ons zoeken, wat, zoals ik al zei, ik twijfel er niet aan, het zal precies in deze oceaan zijn. We zullen proberen een of meer schepen in de Indische Oceaan te laten zinken, hierdoor gaan de Engelsen naar die zee,

Met een lange aanwijzer had Langsdorff op de kaart de route aangegeven die hij wilde volgen. De blikken van de agenten hadden hem met belangstelling gevolgd.

HOOFDSTUK V
EEN GLAS SHERRY

"Er is nog een ander punt van groot belang", vervolgde de kapitein. Het is voor mij noodzakelijk het aantal en het belang te kennen van de krachten die ons zoeken. Onze toekomstige bewegingen hangen er grotendeels van af. Dit punt was gepland voor het vertrek uit Duitsland. Onze informatie moest aan ons worden geleverd door een keten van agenten die, op verschillende punten aan de Afrikaanse en Amerikaanse kust, de specifieke missie hadden om de bewegingen van de vijandelijke eenheden te achterhalen en ons hiervan verslag te doen via de radio. Ik verwachtte vooral iets van Freetown en Kaapstad te horen, maar blijkbaar is er iets ongewoons gebeurd. En aangezien het voor ons van vitaal belang is om te weten waar we staan ten opzichte van vijandelijke troepen, zullen we de informatie die is mislukt, zelf moeten verstrekken. Ik heb twee officieren nodig om zich vrijwillig aan te melden voor een riskante missie.

Langsdorff was nog niet uitgesproken toen alle officieren overeind stonden.

"Bedankt allemaal! zei de slagschipcommandant. Ik had niet anders van jullie verwacht. Maar met het oog hierop zal ik ze zelf kiezen.

Een diepe stilte viel in de kamer. Alle ogen waren op Langsdorff gericht, die zich langzaam omdraaide naar waar Karl stond.

'Luitenant Weber,' riep hij uit, 'bent u bereid een van hen te zijn?

"Ja, mijn kapitein", zei Karl.

Helmut, die rechts van hem stond, gaf zijn vriend een gemene stomp die zijn been dwong zichtbaar te krimpen.

'Mijn kapitein,' zei Karl onmiddellijk, 'omdat je me hebt geëerd door me precies te kiezen, zou ik willen dat je me toestaat degene aan te wijzen die me zal vergezellen.

'Oké, luitenant,' beaamde Langsdorff. Noem maar op.

„Luitenant Berling.

'Volgens mij. Over een uur verwacht ik jullie allebei in mijn hut.

Zonder nog een woord te zeggen verliet Langsdorff de kamer, gevolgd door zijn tweede.

De rest van de officieren liep ook de kamer uit en Karl en Helmut gingen samen aan dek.

'Wat wil de kapitein van ons? ' vroeg de tweede, alsof hij tegen zichzelf praat.

'En wat weet ik? riep Karel uit. We zullen het in ieder geval snel weten.

Luitenant Stolff naderde hen.

'Het lijkt me, jongens, dat jullie binnenkort in een grote puinhoop terechtkomen,' zei hij.

"In een puinhoop? vroeg Helmut. Wat voor rommel?

"Het is gemakkelijk te raden", vervolgde Stolff. Waar wil de kapitein je voor hebben? Uiteraard zodat je de ontbrekende informatie aanlevert. En waar ga je deze informatie vinden? Wel, op het land; het is erg makkelijk.

"Natuurlijk" bevestigde Karl, kijkend naar een onbepaald punt aan de horizon.

"Hilarisch! meende Helmut.

"Ja, heel grappig", zei Stolff.

"Maar op welke plaats? vroeg Helmut opnieuw.

'Ik denk dat je alles van tevoren wilt weten,' zei Karl. Maar als het je helpt, zal ik je vertellen dat we sinds vanmorgen richting Kaapstad varen.

'Dit zou in het hol van de leeuw lopen,' zei Stolff met grote ogen, 'of in ieder geval in zijn hol.

Er viel een diepe stilte. Karl rookte een sigaret en zijn ogen bleven op de horizon gericht. Helmut amuseerde zich met het gooien van papieren ballen in zee en Stolff keek wezenloos naar zijn vriend in zijn nutteloze operatie.

'Karl,' zei Stolff plotseling, 'wil je dat ik in plaats daarvan ga?

Karl draaide zich om, razendsnel.

"Geen sprake van! "Zei hij". Ook, waarvoor?

'Ja, Karl,' zei Helmut op zijn beurt. Hans heeft gelijk. U hebt meer belang dan wij om op een dag naar Duitsland terug te keren. Laat hem met mij meekomen.

'Ik smeek je om niet aan te dringen op zo'n absurditeit,' vroeg Karl.

'Zoals je wilt,' zei Helmut. Maar ik zou het erg op prijs stellen als je een vraag voor me zou kunnen beantwoorden voordat je aan dit avontuur begint, waar we misschien niet meer van terugkeren.

"Welke vraag?

'Op de dag van ons vertrek uit Wilhelmshaven zei je iets heel vreemds, waar ik sindsdien vaak over nadenk. Is het waar dat u liever nooit meer naar Duitsland terugkeert? Waarom? Wat gebeurt er tussen jou en Naty?

Karl gooide de sigaret overboord en langzaam draaiend stond zijn rug naar de zee.

'Dat', zei hij, 'zijn drie vragen, niet één. Ik wacht over een half uur op je in de kapiteinshut. Met zijn handen in zijn zakken liep hij weg in de richting van de centrale brug, Helmut totaal verbijsterd achterlatend. Stolff bracht hem met een schouderklopje terug in de realiteit.

"Hé, Helmut," zei de luitenant, "het is normaal dat je geïntrigeerd bent door Karls gedrag en wilt weten wat er met hem aan de hand is als je iets vreemds hebt opgemerkt. Maar het is beter dat je hem geen vragen meer stelt over dit bijzonder, hij zal je dankbaar zijn.

'Ok, Hans,' beaamde Helmut. Maar je zult het met me eens zijn dat het gedrag van Karl iedereen zou intrigeren. Aan de andere kant ben ik zijn beste vriend en hij heeft nooit iets voor me achtergehouden, waarom zou hij nu?

'Kijk, jongen,' vervolgde Stolff. We hebben allemaal dingen in het leven die we liever verbergen, zelfs voor onze beste kameraden. Je kent Karl amper twee jaar, maar ik was eerst bij hem op de Academie en later op de "Staal". Samen werden we overgeplaatst naar de "Graf Spee" en ik ken zijn leven en zijn problemen alsof ik het was. Geloof me, stel hem geen vragen meer, je zult het op een dag ontdekken.

'Weet je het dan?

'Ja, dat weet ik. Maar niet omdat hij me erover vertelde, maar omdat ik het ook heb meegemaakt.

Helmut staarde naar zijn vriend, zijn ogen vragend.

'Nee. Ik zal je niets vertellen,' vervolgde Stolff. Ik kan het je niet vertellen, het is een geheim dat niet van mij is. Het is meer dan drie jaar geleden gebeurd en ik heb nog nooit iets tegen iemand gezegd. Verwacht niet dat ik het nu doe.

'U zegt dat de oorzaak van Karls onverklaarbare gedrag meer dan drie jaar geleden plaatsvond, dus vermoedelijk zou het iets ernstigs zijn. Dit is de enige manier om het zo lang volhouden van een vervelende en onaangename houding te rechtvaardigen. Vind je niet?

'Je vergist je in het vak,' zei Stolff glimlachend. Je had diplomaat moeten worden. Ja je hebt gelijk. Het was iets heel ernstigs, althans "de luitenant bleef afwezig naar de lucht kijken", zo lijkt het.

'Heeft Naty hier iets mee te maken?

'Einde uitzending,' zei Stolff terwijl hij een sigaret opstak. Je kunt beter naar de kapitein gaan. Het moet op je wachten.

Helmut slaakte een berustende zucht en liep zichtbaar nukkig weg. Karl stond hem al op te wachten voor de deur van Langsdorffs hut. Nadat ze hadden geklopt en toestemming hadden gekregen om binnen te komen, kwamen beide mannen de kamer binnen. Langsdorff was verdiept in het bestuderen van een kaart van de West-Afrikaanse kust die op een tafel lag. Naast hem schreef de tweede commandant van het slagschip in een klein notitieboekje een lange reeks namen, nummers en tekens. Ze werden uitgenodigd om te gaan zitten, wat ze graag deden in kleine maar comfortabele met leer beklede stoelen. Langsdorff zette er bekers voor, die hij vervolgens tot de rand vulde met goudkleurige vloeistof.

"Spaanse sherry! 'Zei ze lachend.' Er is niets beters.

De vier mannen proosten met hun glazen op het verre thuisland, en Helmut beloofde, na een lange slok te hebben genomen, zich zo spoedig mogelijk zorgvuldig Spanje te zullen bezoeken.

HOOFDSTUK VI
KAPESTADSWEG

"Zoals ik je een uur geleden vertelde, "Langsdorff begon", zul je een gevaarlijke en belangrijke missie moeten volbrengen. Ik heb u gekozen, luitenant Weber, om twee redenen: ten eerste omdat u vloeiend Engels spreekt en ten tweede omdat ik u volledig in staat acht om de taak uit te voeren. Zijn keuze was ook gelukkig.

Helmut zwol op in zijn stoel terwijl de ogen van de kapitein op hem rustten.

"De «Graf Spee»", vervolgde de commandant van het schip, "werkt volledig alleen in een zee vol vijanden. Maar wat mij het meest zorgen baart, is het gebrek aan kennis dat we hebben van het aantal, de kwaliteit en de situatie ervan. De meldingen die we om een onbekende reden hadden verwacht te ontvangen, zijn niet aangekomen. Jouw missie is om op zoek te gaan naar dergelijke informatie. Precies. "Langsdorff benadrukte hier zijn woorden" tegen de Engelse marinebasis in Kaapstad.

Ondanks het feit dat hij, net als Karl en Stolff, hun bestemming al geraden had, kon Helmut niet voorkomen dat de haren op zijn hoofd overeind gingen staan. Het betreden van een Britse marinebasis in oorlogstijd leek hem een hoogst af te raden avontuur. Karl van zijn kant toonde geen emotie.

"In de stad Kaapstad, en precies op dit adres," vervolgde de kapitein, terwijl hij Karl een netjes opgevouwen stuk papier overhandigde, "woont een man die de Engelsen kennen als Tony Andreotti en aannemen dat hij een Italiaan is. Hij is eigenlijk Oostenrijker en zijn echte achternaam is Vessel. Enkele jaren geleden vestigde hij zich in Kaapstad, waar hij een welvarend bedrijf ontwikkelde dat fijne huiden looide en door zijn pracht en vrijgevigheid grote vriendschappen aanging met een aantal van de meest vooraanstaande Engelse en

Europese officieren. Zijn echte taak is om Duitsland van onschatbare informatie te voorzien, als agent van het Derde Rijk, over Afrikaanse marinebases en de beweging van geallieerde squadrons. Hij moest ons de nodige gegevens bezorgen om relatief veilig te kunnen navigeren, maar zoals ik al zei, er lijkt iets onverwachts te zijn gebeurd.

Helmut luisterde aandachtig naar de uitleg van Langsdorff, zijn ogen werden groot en vergeefs probeerde hij zijn droge keel te bevochtigen. Hij dronk de rest van de inhoud van zijn glas leeg en vloekte binnensmonds dat hij niet veel ouder was.

"Dit is het moment om op het toneel te verschijnen. Vanavond bereiken we een punt nabij de Afrikaanse kust, ongeveer honderd kilometer ten noorden van Kaapstad. In een motorboot en in het gezelschap van twee matrozen, wiens keuze ik aan uw oordeel overlaat, zullen zij aan land gaan. Kort voordat ze het bereiken stoppen ze en in een rubberboot moeten jullie twee de kust zo dicht mogelijk bij Kaapstad bereiken, nadat je de exacte locatie van de speedboot hebt onthouden om daarnaartoe terug te keren. Ze gaan dan naar de stad en zoeken de leerlooier Tony Andreotti, van wie ze rapporten zullen krijgen. In het geval dat er iets met onze agent is gebeurd, zullen ze met alle mogelijke middelen proberen te achterhalen of er oorlogseenheden in de basis verankerd zijn, hun type en aantal en zo mogelijk de waarschijnlijke aankomst van andere schepen. Als u helaas werd gearresteerd, op de grond zou je de beste uitweg moeten zoeken, maar hoewel het vanzelfsprekend is, zonder reden, wat dan ook, moet je de aanwezigheid van de "Graf Spee" in deze wateren onthullen. Instrueer ook de mannen die je vergezellen, zodat ze in geval van gevaar, tijdens het wachten gevangengenomen worden, de zee in gaan als de dreiging van land komt, of dat ze in de jungle verdwijnen als ze bang zijn gearresteerd te worden van achter. de zee. Zodra ze vanavond het schip hebben verlaten, gaan we weer de zee op en keren we over vier dagen terug naar hetzelfde punt om ze op te halen. In het geval dat u niet bent aangekomen, zullen we de volgende nacht terugkeren, en als u ook niet bent teruggekomen, hebben we geen andere keuze dan voor altijd te verdwijnen. wat het ook is, je zult de aanwezigheid van de "Graf Spee" in deze wateren moeten onthullen. Instrueer ook de mannen die je vergezellen, zodat ze in geval van gevaar, tijdens het wachten gevangengenomen worden, de zee in gaan als de dreiging van land komt, of dat ze in de jungle verdwijnen als ze bang zijn gearresteerd te worden van achter. de zee. Zodra ze vanavond het schip hebben verlaten, gaan we weer de zee op en keren we over vier dagen terug naar hetzelfde punt om ze op te halen. In het geval dat u niet bent aangekomen, zullen we de volgende nacht terugkeren, en als u ook niet bent teruggekomen, hebben we geen andere keuze dan voor altijd te verdwijnen. wat het ook is, je zult de aanwezigheid van de "Graf Spee" in deze wateren moeten onthullen. Instrueer ook de mannen die je vergezellen, zodat ze in geval van gevaar, tijdens het wachten gevangengenomen worden, de zee in gaan als de dreiging van land komt, of dat ze in de jungle verdwijnen als ze bang zijn gearresteerd te worden van achter. de zee. Zodra ze vanavond het schip hebben verlaten, gaan we weer de zee op en keren we over vier dagen terug naar hetzelfde punt om ze op te halen. In het geval dat u niet bent aangekomen, zullen we de volgende nacht terugkeren, en als u ook niet bent teruggekomen, hebben we geen andere keuze dan voor altijd te verdwijnen. ze gaan de zee in als de dreiging van land komt, of zo dat ze in de jungle verdwijnen als ze bang zijn van achteren gearresteerd te worden. de zee. Zodra ze vanavond het schip hebben verlaten, gaan we weer de zee op en keren we over vier dagen terug naar hetzelfde punt om ze op te halen. In het geval dat u niet bent aangekomen, zullen we de volgende nacht terugkeren, en als u ook niet bent teruggekomen, hebben we geen andere keuze dan voor altijd te verdwijnen. ze gaan de zee in als de dreiging van land komt, of zo dat ze in de jungle verdwijnen als ze bang zijn van achteren gearresteerd te worden. de zee. Zodra ze vanavond het schip hebben verlaten, gaan we weer de zee op en keren we over vier dagen terug naar hetzelfde punt om ze op te halen. In het geval dat u niet bent aangekomen, zullen we de volgende nacht terugkeren, en als u ook niet bent teruggekomen, hebben we geen andere keuze dan voor altijd te verdwijnen.

Langsdorff stond op en Karl en Helmut volgden.

'Maak je spullen klaar en zorg dat je over drie uur klaar bent. Trek burgerkleding aan, niet erg nieuw, en draag geen documenten of voorwerpen die u zouden kunnen verraden.

Buiten de kapiteinshut klopte Helmut zijn vriend op de rug.

'Je moet toch blij zijn? "Ik vraag". Het lijkt mij dat uw wens om niet terug te keren naar Duitsland zal worden ingewilligd.

Karl nam het op zich om de twee mannen te kiezen die hen zouden vergezellen. Twee jonge en sterke jongens, aangezien de perikelen die, als het mis zou gaan, zulke omstandigheden vereisten. Om drieëntwintig uur, ruim in het donker, kwam het slagschip volledig tot stilstand. Een motorboot uitgerust met alles wat nodig was, werd te water gelaten en de twee door Karl gekozen matrozen gingen ernaartoe, waarbij Langsdorff beide officieren hartelijk de hand schudde en hun de laatste aanbevelingen gaf.

'Neem dit mee, je hebt het misschien nodig, vooral luitenant Berling. 'Helmut nam van de kapitein een fles die zorgvuldig in kartonpapier was gewikkeld.

"Sherry? "Vroeg hij.

"Sherry" bevestigde de kapitein.

"Bedankt meneer.

Langsdorff overhandigde Karl toen een blauwe envelop.

'Zodra je Tony Andreotti hebt gevonden,' zei hij, 'geef je hem deze envelop. Dit zal alle twijfels van hem wegnemen en ervoor zorgen dat je jezelf tot zijn beschikking stelt. Succes!

Karl en Helmut daalden snel af in de speedboot, klaar om te vertrekken. Stolff leunde over de reling en wuifde hen weg.

"Zeg hallo tegen het mooiste meisje in Kaapstad voor mij," schreeuwde hij terwijl zijn vrienden weg begonnen te lopen van de boot.

"Maak je geen zorgen," verzekerde Helmut. Wij zullen het doen.

De boot was verdwaald in de schaduw en het gebrom van de motor werd met de dag zwakker, totdat hij helemaal uitstierf.

De hele nacht zeilden ze in een rechte lijn naar de kust, en toen een lichte blauwachtige tint in de lucht hen vertelde dat de zon bijna opkwam, gingen ze naar het zuiden richting de Engelse basis.

'Pas op! riep Karl plotseling, wijzend naar een punt in de verte. Er vaart een schip in die richting.

Alle ogen waren gericht op de aangegeven plaats. Een kolom zwarte rook steeg de lucht in, zo'n tien mijl van waar ze stonden.

"Het is zonder twijfel een Engels schip. Ze gaat naar het noorden, wat leidt tot de veronderstelling dat ze uit Kaapstad komt. Het is handig om te stoppen, het spoor dat we achterlieten zou ons kunnen verraden.

De speedboot stopte en lag te schommelen op de golven. De vier mannen, die erin uitgestrekt waren, volgden gretig de voortgang van de stoomboot, die geleidelijk wegvoer, naar het noorden, tot hij in de zee verdwaalde.

'Als ze deze koers volgen,' zei Karl, 'zijn ze binnenkort in handen van de Graf Spee.' Kaapstad kan niet ver genoeg zijn, acht mijl of zo. Ik denk dat we beter naar land kunnen gaan.

De boot werd in het water gegooid en beide officieren gingen erin nadat ze de laatste instructies aan de matrozen hadden gegeven.

'Je moet je niet laten vangen door de Engelsen. Ik heb je al verteld hoe je moet reageren als je jezelf in gevaar ziet. Probeer vanavond wat dichter bij de grond te komen en bescherm jezelf vooral tegen de zon; Een zonnesteek kan dodelijk zijn.

"En maak niet alle sherry op," voegde hij eraan toe. Helmut. 'Laat me iets achter voor als ik terug ben.

Beide vrienden roeiden lang en bereikten eindelijk land. Vanaf de motorboot volgden de matrozen hen met hun ogen tot ze verdwenen tussen de dichte vegetatie van de kust.

HOOFDSTUK VII
IN HET HART VAN DE JUNGLE

'Het is een mooi stembiljet dat ze ons hebben overhandigd,' zei Helmut, die even pauzeerde en het zweet van zijn voorhoofd veegde. Verscheidene kilometers ongerept oerwoud oversteken met allerlei soorten ongedierte, en uiteindelijk tussen de Engelsen in een van hun best verdedigde marinebases uitrusten, zou voor iedereen verloren gezondheid herstellen.

'Kom op man! Karl moedigde hem aan. We kunnen geen tijd verspillen. Vanavond moeten we de poorten van Kaapstad bereiken om de stad binnen te gaan, profiterend van de duisternis.

Ze hervatten hun mars en baanden zich een weg door de dichte vegetatie. Lianen en verwrongen boomstammen maakten hun voortgang buitengewoon moeilijk. Soms zakten ze tot hun knieën weg in dikke lagen modder en modder die zich door de recente regen hadden gevormd, om vervolgens op scherpe, hoekige stenen te lopen die ondanks hun schoenen hun voeten martelden.

Ze kwamen aan bij de oevers van een tamelijk machtige rivier, over wiens wateren de dikke takken van de bomen verspreidden die aan de oevers groeiden. Een leger apen van alle soorten en maten vluchtte op zijn pad, terwijl een oorverdovend lawaai door de ruimte denderde.

'We zullen eroverheen moeten zwemmen,' meende Karl. We hebben niet de tijd of de middelen om een vlot te bouwen.

'Overeengekomen. Maar het zou me geen goed doen om uiteindelijk een krokodil als aperitief te serveren.

'Deze kleine dieren komen alleen voor in romans en in films,' verzekerde Karl. Geen zorgen.

Ze kleedden zich snel uit, maakten een bundel van hun kleren en maakten ze met de riemen over hun hoofd vast. Daarna doken ze het water in.

'Een bad zal ons tenslotte goed doen', meende Helmut.

Ze waren iets meer dan halverwege de rivier toen Karl een waarschuwingskreet slaakte.

"Rennen Helmut! Zwem snel, met al je kracht.

"Wat is er aan de hand? "Vroeg zijn vriend.

'Stel geen vragen en doe wat ik je zeg.

Even later bereikten ze de overkant, hijgend en half uitgeput. Helmut haalde zijn schouders op en haalde diep adem.

'Wil je me vertellen wat er met je is gebeurd? "Zij vroeg.

'Draai je om en je zult het zien.

Amper tien meter verderop opende een enorme krokodil zijn langgerekte kaken en keek ze gretig aan.

'Hilarisch! zei Helmut. Blijkbaar komen de schrijvers van die romans waar je zojuist naar verwees naar deze plekken om inspiratie op te doen. Wat een toeval!

Na zich af te drogen en aan te kleden, vervolgden ze hun weg. Hun armen en benen zaten onder het bloed. De doornen van de struiken drongen zich ongemerkt in hun vlees en talloze zwermen muggen voedden zich gretig op hun wonden. Plotseling werd Helmut jaloers op elke Olympisch kampioen en trok hij razendsnel zijn pistool uit zijn holster.

'Toch! Karl schreeuwde tegen hem. Niet schieten, je zou de aandacht kunnen trekken.

"Wat moet ik dan doen? vroeg Helmut met uitpuilende ogen.

"Maar wat is er gebeurd? Ik zie niets abnormaals.

'Niet, hè? Stel je voor om je hoofd naar rechts te draaien en je zult het ontdekken.

Dus dat deed Karel. Heel dicht bij hen gleed een enorme slang door de bladeren.

'Het maakt niet uit,' verzekerde Karl. Het is een boa, een heel ongelukkig dier.

'Een ongelukkig dier, zegt u? Nou, daar lijkt het niet op. Hoe dan ook, wat het ook mag zijn, je kunt maar beter hier weggaan. Volgend jaar kom ik terug om een huisje met een tuin voor mezelf te bouwen.

Het was donker toen ze de eerste lichten van Kaapstad zagen. De vegetatie strekte zich ononderbroken uit tot zeer dicht bij de stad, dus het was relatief gemakkelijk voor hen om de eerste huizen ongezien te naderen.

'Vanaf dit moment,' zei Karl, 'is het het beste om te lopen alsof er niets is gebeurd. Steek je handen in je zakken en probeer een vrolijk lied te zingen. We moeten een zorgeloze lucht aannemen.

Kort daarna liepen beide vrienden door een matig verlichte straat waar een paar donkere Indianen liepen. Van tijd tot tijd kruiste een blanke man met een breedgerande hoed en bleke jurken zijn pad. Opeens liep het bloed van Karl koud in zijn aderen. Helmut fluit, met een sigaret in zijn mondhoek, een lied zoals hem was aangeraden. Het lied was leuk, maar het heette "Rose Marie" en het was Duits. Twee seconden later was Helmuts sigaret van zijn lippen gevallen en voelde hij zuur in zijn maag.

Op het papier dat Langsdorff hun had gegeven, naast de naam van de straat waar Tony Andreotti woonde, was een kaart getekend zodat ze zijn adres konden vinden zonder dat ze het aan iemand hoefden te vragen. ver na Na anderhalf uur door de stad te hebben gerend, stopten ze voor een huis dat wit was geverfd met wat rode bakstenen versiering.

'Hier is het,' zei Karl. Het is tien uur 's avonds. Vermoedelijk is onze vriend inmiddels thuis.

Maar hij had het mis. Na geklopt te hebben met een oude bel die aan de bovenkant van de deur was bevestigd, werd de deur langzaam geopend en verscheen er een zwarte man, die ongeveer twee meter lang moet zijn geweest, in de deuropening.

"Dhr. Andreotti, ben je thuis? vroeg Karel.

'Nee, heren', drukte de zwarte man zich uit in een ingewikkeld jargonmengsel van Engels en een inheems dialect, maar hij maakte zich verstaanbaar. De heer is, zoals elke avond, gaan wandelen.

'En waar zouden we die kunnen vinden?

De zwarte man aarzelde. Het kwam bij Karl op dat Andreotti hem mogelijk had opgedragen niemand informatie over zijn bewegingen te geven.

'Wij zijn vrienden van u,' vervolgde Karl. We zijn net uit het binnenland aangekomen en moeten hem spreken over een zaak die voor hem van groot belang is.

'De heren kunnen over een uur terugkomen als ze willen. Ik weet niet waar hij heen is gegaan. "De bediende sloot de deur en liet beide agenten op straat achter.

"Verdomme! Riep hij verontwaardigd, Helmut. Dus, wat kunnen we nu doen?

'Nou, precies wat de zwarte man zei. We draaien om en zijn zo weer terug.

Ze liepen verder door dezelfde straat en al snel bevonden ze zich op een breed plein vanwaar ze een weids uitzicht hadden op de maanverlichte zee.

"Prachtig panorama! Helmut zuchtte. Niemand zou zeggen dat de 'Graf Spee' zich hier in de buurt verbergt.

'Hou alsjeblieft je mond en bega geen onvoorzichtigheid meer. Laten we naar die bar gaan... of wat dan ook.

Door de deur van een gebouw op hetzelfde plein werden de geluiden van een grappig lied gefilterd, vermengd met de stemmen van mannen en het geluid van botsende flessen en glazen.

Ze gingen het pand binnen. Een atmosfeer verdikt door tabaksrook en het zweet van vele lichamen deed Helmut bijna teruggaan, maar toen hij zag dat Karl al binnen was, volgde hij. Ze naderden een lange en onreine houten toonbank, bestelden twee cognacs en, nadat ze klaar waren, draaiden ze zich om naar het midden van de plaats, waar twee inheemse vrouwelijke dansers dansten op het ritme van eentonig en aanstekelijk muziekje. Karl liet zijn ogen over de verste hoeken glijden. Aan een tafel aan de andere kant van de kamer zaten verschillende marineofficieren non-stop de inhoud van een fles whisky te drinken, lachend en geanimeerd pratend. De binnenkomst van beide vrienden had de aandacht getrokken en verschillende ogen waren op hen gericht. Ze deden hun best om zich natuurlijk te gedragen en slaagden er al snel in om niet langer het doelwit van alle ogen te zijn.

De inheemse vrouwen eindigden hun dans onder een applaus waarmee het publiek hun werk beloonde. Ook Karl applaudisseerde zonder veel enthousiasme, terwijl Helmut beval hun lege kopjes bij te vullen. De kamer werd intenser verlicht en door een van de deuren die toegang gaven tot het achterste deel van het pand verscheen een jonge vrouw gekleed in een geheel witte "avond" jurk.

"Dit is nu beter," meende Helmut, nadat hij een hoge fluittoon had geuit die hij niet kon onderdrukken.

Het meisje, dat toen de eerste maten van een populair Frans lied zong, kon niet ouder zijn dan vijfentwintig jaar. Ze was extreem slank en haar blonde haar contrasteerde met de bruine kleur van haar huidskleur. Ze was ook opmerkelijk mooi, en de nuances van haar stem bevielen beide vrienden, vooral Helmut, die haar gefascineerd aankeek.

"Tot we weer aan boord zijn," zei Karl, "vergeet dat je Duits bent en je altijd in het Engels uitdrukt, zelfs als je alleen bent. Als je niet voorzichtiger bent, komen we terecht in grote problemen.

Zonder te stoppen met zingen, benaderde het meisje Karl en Helmut met een charmante glimlach die Helmut deed huiveren. Karl van zijn kant had meer aandacht voor de Engelse officier die zijn ogen niet van hen afwendde, dan voor de sympathie van de jonge vrouw. Ze liep naar de balie en stopte voor Karl en nam hem liefdevol bij de arm.

"Mooi! zei Helmut. "En ik kan door de bliksem worden getroffen, toch?

Het leek alsof het mooie meisje exclusief voor Karl zong en zich niet veel bekommerde om de aanwezigheid van andere mensen in de kamer. Haar stem werd zachter, strelender.

"Bries die naar beneden komt uit de verre bergen,
Doof in mijn borst met je ijzige adem, De vulkaan die mij
verslindt».

"Wauw! riep Helmut verbijsterd uit.

"Eindelijk verliet je de zeeën
Om je te aanschouwen in het diepe blauw van mijn ogen.

Helmut zweette inkt. Wat zou ze bedoeld hebben met 'eindelijk heb je de zeeën verlaten'? Zou ze iets weten?

Karl keek nu naar het meisje, dat, leunend op zijn arm, haar ogen niet van de zijne afwendde. Ze maakte het nummer eindelijk af en vertrok, gevolgd door een staande ovatie. De Duitse luitenant slikte de inhoud van zijn beker in één keer door en stond op het punt het pand te verlaten, gevolgd door zijn vriend, toen hij zag dat de Engelse officier, die hen zo aandringend had gadegeslagen, hen naderde.

HOOFDSTUK VIII
JENNY

'Goedenavond, heren,' begroette de officier. 'Laat me mezelf voorstellen. Zijne Majesteits Marine-luitenant Charles Hall.

Karl knikte kort.

"Mijn naam", zei hij, "is Morris, Arthur Morris, jager. Deze heer is mijn partner, John Sheffield.

Karl en Helmut schudden de Engelsman de hand.

"Mijn collega's en ik", vervolgde hij, "we hebben ons gerealiseerd dat je heel alleen bent. We zouden vereerd zijn als je je zou verwaardigen om aan onze tafel te zitten. We vieren groot nieuws, van groot belang voor ons.

"Oh ja? zei Helmut verveeld.

"Inderdaad, heren. Amper een paar uur geleden hoorden we dat ons vliegdekschip «Ark Royal», waarvan men dacht dat het verloren was, niet door de Duitse luchtvaart tot zinken werd gebracht, zoals oorspronkelijk werd gezegd, maar integendeel, het is veilig en gezond door de Atlantische Oceaan te zeilen. Begrijp, heren, dat we, nu we allemaal goede vrienden zijn op zo'n schip, ons erg blij hebben gemaakt met het nieuws. Accepteert u onze uitnodiging?

"Met veel plezier! Karl stemde toe! Hij begon naar de tafel te lopen die bezet was door de Engelse officieren. Ze waren met vier, inclusief luitenant Jenkins, en ze stonden allemaal op toen Karl en Helmut arriveerden. Na de vereiste introducties hebben ze een keer bezetten opnieuw hun corresponderende stoelen.

'Dat wil zeggen,' zei een van hen, terwijl hij de glazen van de twee Duitsers vulde, 'dat jullie jagers zijn. Wat hebben ze aan zo'n riskant beroep?

'Bont,' antwoordde Karl snel. Fijne huiden, voornamelijk luipaard, panter en slang. Ze worden aangeboden tegen een goede prijs.

"Wie koopt ze?

"Tot nu toe was de stad Bloemfontein onze belangrijkste markt. Maar tegenwoordig hebben we het zonder moeten doen, vanwege de vijandige houding van bepaalde stammen. De inboorlingen verzetten zich tegen onze jacht, ondanks het feit dat ze binnen de strengste wettigheid worden uitgevoerd, en om onaangename incidenten te voorkomen, hebben we ervoor gekozen om te proberen ons laatste wild in Kaapstad te verkopen.

'Zullen ze hier iemand vinden om ze te kopen?

"We hopen het, ook al kennen we niemand; maar aangezien onze koopwaar begeerd is en de prijs redelijk is, zullen we zeker iemand vinden die erin geïnteresseerd is.

"Waar zijn de huiden nu?

Karl begon geïrriteerd te raken en kreeg zoveel vragen. Maar, bijt de kogel, hij bleef tegen hem liegen.

"Een paar kilometer landinwaarts. Ze worden bewaard door onze dienaren, in afwachting van orders om ze naar de stad te brengen.

'Mijn vrouw heeft me verschillende keren gevraagd om haar een hele slangenhuid te sturen, ik weet niet wat,' zei luitenant Jenkins. Heb je voorraad?

"Inderdaad, veel en goed. Mijn partner zal het voor je kiezen, hij is een specialist in dit soort reptielen ", zei Karl glimlachend.

"Heel dankbaar," riep de luitenant uit. En vertel eens, meneer Sheffield, hoe jaagt u op zulke gevaarlijke dieren?

"Gevaarlijk? vroeg Helmut dwingend lachend. Maar slangen zijn heel ongelukkige wezens, nietwaar, Arthur? Ik gebruik niet altijd dezelfde methode; dit hangt af van de klas in kwestie, de grootte en het seizoen van het jaar. Ik over het algemeen gebruik speciale vallen, maar meer dan eens ben ik gedwongen een te opstandige af te maken door zijn schedel met een steen in te slaan.

Karl barstte bijna in lachen uit. Helmut schrok blijkbaar van zijn eigen woorden, en hij stelde zich met afschuw voor wat voor een onsuccesvolle rol hij zou spelen als hij gedwongen zou worden zijn heldendaden te demonstreren.

De Engelse officieren keken met bewondering en respect naar beide vrienden, behalve luitenant Jenkins, wiens ogen straalden met een vreemd licht.

'Heeft u een sigaret, meneer Morris? 'Zei hij plotseling.' Ik ben op.

'Het spijt me, luitenant,' klaagde Karl. Het is ook al een tijdje geleden dat ik ze af heb.

Helmut reikte in zijn zak naar zijn sigarettenkoker, maar een geweldige trap van Karl hield hem tegen. Een Engelse officier deelde aan iedereen sigaretten uit en het gesprek ging geanimeerd verder.

'Hallo Jenny!' zei luitenant Jenkins na een tijdje terwijl hij opstond. Karl draaide zijn hoofd om. Achter hem stond het meisje dat hem even daarvoor had uitgekozen als de ontvanger van haar lied. Ze had haar soepel vallende witte jurk verruild voor een gele straatjurk , waarin ze werkelijk prachtig was. Ze stonden allemaal op.

'Sta mij toe deze heren aan u voor te stellen,' zei Jenkins, 'de heren Morris en Sheffield, beide jagers. Miss Jenny Saife.

Beide jonge mannen bogen respectvol. Ze beantwoordde ze met een aangename glimlach.

'Ik dacht dat je aanvankelijk Frans was,' zei Karl, haar uitnodigend om te gaan zitten, 'je beheerst de taal van Molière perfect.

'Ik heb inderdaad iets Franss. Ik ben geboren in Denemarken, maar heb het grootste deel van mijn leven in Frankrijk en Engeland gewoond en ben ongeveer een jaar in Kaapstad geweest. Jullie, jongens, zijn nieuw in de stad, toch?

'De heren' onderbrak Jenkins 'zijn jagers, zoals ik u al heb verteld. Ze zijn net uit het binnenland aangekomen met een lading bont die ze in de stad willen verhandelen.

"Bont? Heeft u al een koper? vroeg Jenny.

"Nee mevrouw; we kennen hier niemand, maar we zullen hem vinden.

"In dat geval," vervolgde het meisje, "kan ik je misschien helpen.

"U?

'Ja. Ik ken de belangrijkste leerlooier en handelaar in bont in deze streken. Ik bedoel Tony', zei de jonge vrouw tegen luitenant Jenkins.

"Nou, het is waar!" hij riep uit. "Hoe kan het niet eerder bij me zijn opgekomen?

Helmuts bloed was koud. Ongetwijfeld doelden ze op de man die ze zochten, de Duitse agent.

'Als ik je niet lastig wil vallen, zou ik het op prijs stellen als je me met hem in contact zou kunnen brengen', vroeg Karl onverstoorbaar.

"Ik zal het heel graag doen", verzekerde Jenny. 'Het toeval wil dat hij hier vlakbij woont; Ikzelf zal je vergezellen.

Het orkest begon de eerste maten van "Perfidia", het beroemde Spaanse dansstuk dat destijds in heel Europa een rage was. Het leek Karl dat er iets verraderlijks was in ieders gedrag. In Jenkins, in Jenny en in zichzelf.

'Nodig je me uit om te dansen? ' vroeg het meisje, zich tot Karl wendend.

Karl verliet zijn stoel en begaf zich in het gezelschap van Jenny naar de dansvloer. Hij sloeg zijn rechterarm om haar middel en ging op in de andere koppels.

'Heb je al lang gejaagd? vroeg Jenny plotseling.

"Ik denk dat ik het mijn hele leven heb gedaan. Afrika heeft geen geheimen voor mij.

"Het is raar", vervolgde ze. Je danst heel goed omdat je een groot deel van je leven tussen de beesten hebt geleefd.

"Het is simpele intuïtie. Ik heb een opmerkelijk oor voor muziek en het is niet moeilijk voor mij om het ritme van een ongecompliceerde melodie te volgen.

Ze vielen allebei stil. Jenny hield haar ogen op Karls gezicht gericht en Karl bleef naar Helmut kijken, diep in gesprek met de Engelse officieren.

"Ben jij Engels?" vroeg het meisje.

'Ja, ook al heb ik, zoals ik je al heb verteld, bijna altijd in Afrika gewoond.

"Uw land is in oorlog. Gaat hij niets voor haar doen?

Karl kreeg een brok in zijn keel.

"Ik zou graag voor mijn land doen wat het van me vroeg, ook al was het mijn eigen leven.

Jenny richtte haar blauwe ogen op de zijne, alsof ze zijn gedachten probeerde te lezen. Karl voelde dat de rechterhand van het meisje een lichte druk uitoefende op haar vingers en dat haar lichaam tegen de zijne drukte, waardoor de afstand tussen hen werd verkleind.

'Zou je zelfs een vijandelijke marinebasis durven binnendringen om informatie te verkrijgen? ' vroeg ze, haar woorden onderstrepend.

Karel huiverde. Even vertroebelde ondoordringbare duisternis zijn ogen en hij voelde zijn benen slap worden.

'Ja, zelfs dit zou volstaan,' besloot hij ten slotte.

Het orkest maakte de laatste maten af en ze gingen allebei terug naar de tafel. De Engelse officieren waren alert op de uitleg en details die Helmut bedacht over de slangenjacht, ongetwijfeld geïnspireerd door een overdaad aan whisky.

'Het wordt al laat,' zei Jenny, die niet ging zitten. 'Als je wilt, zal ik je vergezellen naar Tony's huis.

"Ik denk dat het het beste is," zei Karl.

Beide vrienden namen afscheid van de Engelse officieren, en in het gezelschap van het meisje stonden op het punt de kamer te verlaten toen luitenant Jenkins tegen hen schreeuwde:

'Blijf je lang in de stad?

'Misschien een paar dagen,' antwoordde Karl. "Totdat we al onze huiden verkopen.

'Als dat het geval is, zullen we morgen hier weer op je wachten. Mr. Sheffield moet ons vertellen hoe er op slangen wordt gejaagd.

"We zullen niet missen", voegde Helmut eraan toe. Ik zal je zelfs uitleggen hoe zijn beten genezen moeten worden.

Karl en Helmut gingen samen met Jenny de straat op.

HOOFDSTUK IX
TONY

De bel in het huis van de leerlooier klonk vrolijk. Toen hij zag dat niemand de oproep beantwoordde, drong Helmut nogmaals aan. Weldra zwaaide de deur op een kier, het zwarte gezicht van de bediende verscheen in de opening, die, nadat hij Jenny zorgvuldig had aangekeken, eindigde door hen binnen te laten.

'De heer is net aangekomen,' zei hij. "Ik heb zijn vorige bezoek al aangekondigd en hij smeekt je om alsjeblieft de kamer in te komen.

Karl vervloekte zijn onvoorzichtigheid duizend keer. Hij keek opzij naar Jenny en het leek hem alsof het meisje discreet glimlachte.

De zwarte nodigde hen uit om plaats te nemen in twee gazen stoelen, die later achter een paar hennepgordijnen verdwenen. Er gingen een paar minuten voorbij, waarin zowel vrienden als Jenny een diepe stilte hielden. Even later gingen de gordijnen weer open en verscheen er een man van een jaar of vijfenveertig, lang en mager. Zijn ogen, helder en bewegend, leken op die van een vos, en zijn gang deed Karl denken aan de grote katten in het Hamburgse park.

"Wat een leuke verrassing, Jenny! 'Zei hij, terwijl hij zich voor het meisje boog en haar de hand kuste.' Waar heb ik zo'n onverwacht bezoek aan te danken?

Karl en Helmut waren overeind gekomen en de jonge vrouw deelde haar blik met de drie mannen.

'Toevallig' zei ze, 'ik heb deze heren vandaag ontmoet. Ze hebben een flinke lading bont en ik dacht dat je misschien wel interesse zou hebben. Het zijn de heren Morris en Sheffield, jagers. "Toen wendde ze zich tot Karl en Helmut en voegde eraan toe:" Dit is meneer Andreotti.

Hij stapte net genoeg naar voren om beide vrienden de hand te schudden.

"Wow Wow! hij riep uit. Huiden, hè? Wat voor huiden?

"Meestal goed," antwoordde Karl. "Luipaard en slang. Maar we hebben een zwarte vos, een leeuw en een os.

"Waar zijn ze?

'Tien mijl van hier, zodra we een markt hebben, zullen we ze brengen.

'Ik denk dat mijn aanwezigheid nutteloos is,' zei Jenny terwijl ze opstond. "Ik wacht wel tot ze klaar zijn met wandelen in de tuin" en zonder nog langer te wachten verliet ze de kamer.

"Heb je veel gejaagd?" vroeg Andreotti terwijl hij een stoel tegenover zijn bezoekers nam.

'Zo-zo,' antwoordde Karl.

"Grote stukken?

"Sommigen overschreden zesduizend ton.

"Hoe? Ben je van plan om me uit te lachen?" vroeg Andreotti met een ondoorgrondelijke uitdrukking.

'In geen geval,' ontkende Karl. De "Huntsman" bereikte achtduizend kilo en de "Clement" en de "Trevanion" overschreden vijfduizend.

"Ik heb nog nooit zulke namen gehoord. Zijn dit zeldzame stukken?

"Zeldzaam, ja; maar niet terrestrisch, maar maritiem. Nu zijn ze een vormeloze puinhoop op de bodem van de oceaan; maar een paar dagen geleden voeren ze de zeeën onder de Engelse vlag.

Andreotti stond op en liep langzaam naar een kastje waar hij een fles cognac en drie glazen uit haalde. Hij zette er twee op een tafel voor Karl en Helmut en vulde ze vervolgens.

"Wat wil je van me? ' vroeg hij, starend naar de drank die in de glazen viel.

Karl stak zijn hand uit, een blauwe envelop stak uit zijn vingers.

'Dit is voor jou,' zei hij. Lees het en je weet wat we willen.

Andreotti scheurde de envelop open en haalde er een al even blauw vel papier uit. Hij vouwde het langzaam open en verdiepte zich in het lezen van de inhoud. Helmut voelde zijn voorhoofd badend in het koude zweet. Konden ze deze man echt vertrouwen? Zoals Langsdorff hun vertelde, was hij Oostenrijker en had hij vele jaren tussen de Engelsen gewoond. Wat zou zijn ware positie zijn? Zou hij ze niet in de val lokken? Waarom had hij de Graf Spee niet geïnformeerd?

Tony Andreotti voltooide de lezing, vouwde het papier op en stak het in brand met een lucifer. Daarna sloot hij de deuren en trok de hennepgordijnen dicht.

'Je bent niet zonder moed,' zei hij, 'maar je bent de leeuwenkuil binnengelopen. Ik heb Kapitein Langsdorff niet kunnen informeren omdat het voor mij totaal onmogelijk was om dat te doen. De Engelsen staan al een hele tijd wantrouwend tegenover mij, hoewel ze dat heel goed weten te verbergen; Je moet toegeven dat ze niet dom zijn. Ik heb een station in mijn pelsdroogschuur buiten de stad, maar ik kan er niet in de buurt komen, omdat de Britten het hebben gevonden en het constant bewaken zodat iemand het kan gebruiken. Ik heb alle denkbare manieren geprobeerd om met je te communiceren, maar ze hebben allemaal gefaald.

'Zoiets gingen we aan,' zei Karl.

"Hoe ben je hier gekomen?

'Met een motorboot die we zo'n 13 kilometer naar het noorden hebben verborgen.

'Hoe heb je Jenny ontmoet?

"Ze werd een tijdje geleden aan ons voorgesteld door enkele Engelse officieren; in een zaal op een plein hier vlakbij en waarvan ik de naam niet meer weet.

'Ambtenaren zegt u? Kent u hun namen?

"Ik herinner me er maar één. Luitenant Jenkins.

"Jenkins!" riep Andreotti uit. "Precies Jenkins! Hij waakt dag en nacht over mij. Op dit moment hangt hij rond het huis te wachten om iets te zien of te horen.

"Ze leken erg vriendelijk", zei Helmut. 'Ik denk niet dat ze ons verdenken.

'Niet, hè? Vertrouw de schijn niet. Welke voorwerpen dragen ze?

"Bijna niets", antwoordde Helmut. De zakdoek, een paar pond sterling en sigaretten.

"Wat voor sigaretten?

"Kub.

"Geef ze me meteen", beval Andreotti, terwijl hij de bijbehorende voorraden uit beide handen nam. 'Is het ooit bij je opgekomen dat de Engelsen zeer verbaasd zouden zijn als twee jagers uit het binnenland Duitse sigaretten zouden roken?

Helmut begreep toen waarom zijn vriend hem een uur eerder die geweldige trap had gegeven.

'Dit is allemaal goed,' zei Karl. "Maar wat ons het meest interesseert, is dat je ons de informatie geeft waar we voor zijn gekomen, zodat we meteen kunnen vertrekken.

"Alles zal gaan. Vertel me eerst waar de «Graf Spee» is.

Karel aarzelde even.

'Hier in de buurt,' zei hij ten slotte.

"Waar precies?

'Voorlopig is het genoeg voor hem om te weten dat hij in deze wateren loopt,' antwoordde Karl.

"Ik zie dat ze me wantrouwen. Ik kan het hem niet kwalijk nemen. Luister nu goed naar me. Ik ga zo snel mogelijk met je mee. Als hij hier nog was, zou hij spoedig worden gearresteerd. We zullen waarschijnlijk moeilijkheden hebben en misschien zullen sommigen de «Graf Spee» niet kunnen bereiken. Daarom is het noodzakelijk dat wij drieën weten waar kapitein Langsdorff in geïnteresseerd is, zodat we hem voor zijn rekening kunnen informeren, ongeacht het lot van de andere twee. Op dit moment, "vervolgde hij", vaart hier een machtige Engelse marineformatie op volle kracht vooruit. Het bestaat uit de zware kruiser "Renown" en het vliegdekschip "Ark Royal", met achtenvijftig vliegtuigen aan boord, evenals vier torpedobootjagers. Het is noodzakelijk dat de "Graf Spee" deze wateren onmiddellijk verlaat en op zoek gaat naar een nieuw operatiegebied,

'Langsdorff had gedacht om naar de Indische Oceaan te zeilen,' zei Karl.

"Uitstekend idee!" Andreotti keurde het goed. "In die zee hebben de Engelsen geen aanzienlijke kracht, hoogstens een torpedobootjager die geen ernstig gevaar inhoudt voor de "Graf Spee". Verder naar het zuiden, aan de Amerikaanse kust, heeft Engeland een andere marine-formatie die constant in beweging is. Het bestaat uit de kruisers "Cumberland", "Exeter", "Ajax" en "Achilles", onder bevel van Commodore Harwood. Een ontmoeting met ons slagschip zou haar in ernstige problemen kunnen brengen, maar nooit zoals ze zou zijn als ze was gedwongen om Renown te ontmoeten in ongelijke strijd.

Op dat moment klopte er iemand op een deur. Andreotti gebaarde naar Helmut om het te openen, en Helmut deed dat. Jenny kwam de kamer binnen.

'Ik denk dat de prijs wat overdreven is,' zei de Duitse agent, zich tot Karl wendend en deed alsof hij de aanwezigheid van het meisje niet had opgemerkt.

'Er zijn prijzen,' zei ze, 'die nooit overdreven zijn.

HOOFDSTUK X
EEN VROUW ALS VEEL

Andreotti draaide zich langzaam om naar Jenny, die bezig was de stelen te verzamelen van een klein boeket met verschillende bloemen, gesneden in de tuin van het huis.

'Denk je van wel?' vroeg hij.

'Natuurlijk,' antwoordde ze glimlachend. "Ik weet zeker dat wat deze heren je bieden meer dan waard is wat ze vragen.

'Het moet waar zijn als je het zegt,' antwoordde Tony. Toen hij zich tot Karl wendde, vervolgde hij: 'Als de huiden van de kwaliteit zijn die je me hebt verzekerd, ben ik bereid de hele partij te houden als je me tien procent korting geeft op de aanvankelijk onderhandelde prijs.

'Akkoord,' zei Karl terwijl hij opstond. "Ik zal mijn dragers onmiddellijk opdracht geven om de lading naar Kaapstad te brengen. Morgen, of uiterlijk overmorgen, zijn ze er.

"Heeft u al woonruimte?" vroeg Andreotti.

"Nee. We zijn pas vijf uur geleden aangekomen en hebben het niet kunnen afhandelen.

"In dat geval zou ik zeer vereerd zijn als u mijn bescheiden gastvrijheid zou aanvaarden. Mijn huis is eenvoudig en heeft geen luxe, maar je zult je er beter in voelen dan in welk hotel in de stad dan ook, waar de meest elementaire netheid schittert door afwezigheid.

"Maar. "Karl begon een klein protest" we zijn bang voor overlast.

"Geen sprake van! "zei de Duitse agent." Zijn gezelschap zal me zeer aangenaam zijn. Trouwens, hebben jullie gegeten? Nee? Ik beveel ze meteen om iets klaar te maken.

Andreotti liep naar het ene uiteinde van de kamer en liet een kleine gong klinken op een kleine tafel. Er ging amper een minuut voorbij, de hennepgordijnen gingen open en de kolossale gestalte van de zwarte man verscheen.

'Togo' zei zijn meester, 'beveel je vrouw om een goed diner te bereiden voor... Jij, heb je al gegeten, Jenny? 'Hij vroeg het meisje.' Ja?... voor twee personen.

Togo verdween snel. Helmut vond het vooruitzicht van een goede maaltijd heerlijk. Ze hadden al lang niet meer gegeten voordat ze de motorboot verlieten, en hij had het gevoel alsof zijn maag was 'gestreken' door een stoomwals.

'Ik moet nu gaan,' zei Jenny, terwijl ze een beweging maakte om op te staan. "Mijn missie is voorbij.

"Op geen enkele manier! Andreotti protesteerde. 'Tenzij je een onontkoombaar engagement hebt.

"Nee, ik heb geen toezegging" verzekerde het meisje. "Maar deze heren zullen moe zijn en willen binnenkort met pensioen.

'Nee, juffrouw', ontkende Helmut. "We zijn gewend om weinig te slapen. Een paar uur is genoeg om volledig te herstellen. Ook konden we met deze drukkende hitte bijna niet in slaap vallen.

"Je kunt maar beter blijven", meende Andreotti. "Deze heren zijn duidelijk niet gewend om in het gezelschap van zulke mooie meisjes te zijn.

'Dank je, Tony,' bedankte ze. 'Je bent heel dapper.

Jenny ging weer zitten. Karl keek nu met bijzondere belangstelling naar het meisje en hij moest toegeven dat ze inderdaad heel mooi was. Hij vroeg zich af wat voor mysterie Jenny's leven inhield en wat haar ware bestaan was geweest. Momenteel danste ze op een uitgaansgelegenheid in Kaapstad; maar wat zou ze in het verleden hebben gedaan? Welke lange keten van ontberingen en lijden zou ze misschien hebben moeten doorstaan?

Het meisje draaide haar hoofd een beetje en haar ogen ontmoetten de zijne. Lange tijd staarden ze elkaar zwijgend aan. De zoetheid van Jenny's trekken maakte diepe indruk op Karl. In haar blauwe ogen, die de Duitse luitenant begonnen te fascineren, weerspiegelde een kalmte en sereniteit die diepe indruk op hem maakten, terwijl in haar perfect omlijnde mond een lichte zweem van bitterheid te raden was.

Andreotti schraapte opzettelijk zijn keel en Karl keerde terug naar de realiteit. Helmut vermaakte zich met het bereiden van een "cocktail", waarbij hij in een daarvoor bestemde container een deel van de inhoud van alle flessen die hij in de barkast vond, mengde. Het mengsel kreeg een onbepaalde zwartachtige kleur, maar de smaak was niet onaangenaam.

Togo verscheen weer en kondigde aan dat het diner was geserveerd, en de heer des huizes leidde zowel vrienden als Jenny naar de eetkamer. Het eten was sappig en alles ging in geanimeerde praat voorbij. Onderwerpen zo uiteenlopend als oorlog, jacht op wilde dieren, in wiens techniek Helmut zichzelf uiteindelijk als een echte notabele kon wijden, literatuur en muziek werden aangeroerd. Karl merkte meteen dat Jenny een ongewone cultuur had, wat hem verbaasde, gezien de omgeving waarin ze leefde. Na het dessert sprak het meisje haar wens uit om te vertrekken en Karl bood graag aan haar te vergezellen.

'Je bent een vreemde vrouw,' zei hij, toen ze allebei al op straat waren.

"Waarom?

"Je hebt een opmerkelijke cultuur. Je kent de meeste Engelse, Duitse en Spaanse klassiekers en houdt je ook bezig met moderne literatuur. Dit, en vergeef me, is niet in lijn met... jouw manier van leven.

Karl had er meteen spijt van dat hij zo abrupt had gesproken. Jenny's gezicht weerspiegelde diepe droefheid. Ze liepen lange tijd in stilte en staken verschillende straten over, waarvan de meeste slecht verlicht waren.

'Soms', zei het meisje, 'kunnen we uit dwingende noodzaak niet het soort leven kiezen dat we zouden willen. Ik dans niet voor het plezier in een nachtclub, meneer Morris, maar omdat, op dit moment, Ik heb het nodig om te kunnen blijven leven.

'Neem me niet kwalijk, Jenny,' verzocht Karl nederig. 'Het was niet mijn bedoeling om haar van streek te maken. Ik wist zeker niet hoe ik moest uitdrukken wat ik probeerde te zeggen. Ik bedoel dat het, met een meer dan zorgvuldige opleiding, niet moeilijk voor je zou zijn om een ander soort werk te vinden dat meer bij je past.

"Ik heb er herhaaldelijk naar gezocht, maar ik heb het niet kunnen vinden.

'Waarom vertel je me niet over je leven, Jenny?' vroeg Karel.

"Ben je echt geïnteresseerd? vroeg ze, hem aanstarend.

"Ja, ik ben erg geïnteresseerd.

'Ik zal je een korte samenvatting geven. Ik ben geboren, zoals ik je al eerder vertelde, in Denemarken; Ik ben dus Deens van geboorte. Toen ik heel jong was, stuurden mijn ouders, die toen een comfortabele positie hadden, me om in Frankrijk te studeren, waar ik jarenlang in een luxe pension verbleef. Toen ik vijftien was, stierven mijn ouders binnen korte tijd, waardoor ik een aanzienlijk fortuin achterliet, dat als voogd werd beheerd door een veel oudere neef van mij. Ik heb nooit precies geweten wat er gebeurde, maar het resultaat was dat ik in korte tijd in totale ellende verkeerde. Hulpeloos ging ik toen om bescherming vragen bij enkele verre verwanten, van wie ik hoopte hulp te krijgen als compensatie voor oude gunsten die ik van mijn vader had gekregen. Maar niemand wilde me dienen met verschillende redenen die niet ter zake doen. Ik stopte met school en kon een baan als typiste krijgen op het kantoor van een wijnexporteur, die mijn familie al jaren kende. Hij was een goede man en hij behandelde me met alle aandacht, betaalde me veel meer dan mijn werk verdiende en zorgde zelfs voor mijn veiligheid op verzoek van een vader. Maar na twee jaar stierf ook hij en zijn erfgenamen liquideerden het bedrijf. Ik zag mezelf weer op straat, helemaal alleen. Ik ging toen naar Engeland en trad als escorte in dienst van een oudere dame. Ze was een slechte en egoïstische vrouw, met wie ik het lange tijd moest uithouden, omdat het voor mij onmogelijk was om iets beters te vinden, allerlei soorten lijden en beledigingen. Omdat ik de verleiding niet meer kon weerstaan, verliet ik haar op een dag om lid te worden van de dansgroep van een tijdschriftenbedrijf; het salaris was belachelijk en de behandeling slecht, maar het stelde me in staat om uit de problemen te komen en ik bleef door een groot deel van Europa reizen. Uiteindelijk kreeg ik via een paar vrienden een goede stageplaats bij een houtbedrijf in Kaapstad, maar kort nadat ik hier aankwam, ging het bedrijf failliet. Inmiddels weet je wat mijn werk is. Daniel, de eigenaar van de nachtclub, is, ondanks zijn soms wat norse karakter, diep van binnen een goed mens. Hij betaalt me meer dan ik kan uitgeven, en "concludeerde Jenny", dit is het.

De rest deden ze in stilte. Plots stopte het meisje.

'Ik woon hier,' zei ze. "Zoals je kunt zien, is het een wat geïsoleerd huisje, maar het is mooi en heeft een grote tuin aan de achterkant. Ik deel het met twee meisjes die in het militair hospitaal van de marine werken. Tussen de drie krijgen we relatief goedkoop.

HOOFDSTUK XI
SUBLIEME OFFER

"Jenny! zei Karl terwijl hij de handen van de jonge vrouw in de zijne nam. "Ben je ooit echt gelukkig geweest?

Het meisje antwoordde traag. Eindelijk deed ze het, haar stem nauwelijks hoorbaar, haar ogen neergeslagen.

"Nooit! Ik denk nooit. Ik herinner me alleen dat ik gelukkig was toen ik als kind in het bos van ons huis in Kopenhagen speelde. Het is heel moeilijk om alleen op de wereld te leven!

'Ja, Jenny. Ik weet iets over wat dit is.

Haar ogen ontmoetten plotseling de zijne met alle fascinatie die Karl al had opgemerkt.

'Vertel eens, meneer Morris, wat is uw echte naam?

Karl kreeg een brok in zijn keel.

"Ik heb geen andere naam dan deze", verzekerde hij met weinig overtuiging. "Mijn naam is Morris, Arthur Morris. Ik ben Engels en mijn beroep is om op beesten te jagen om te profiteren van zijn huid. Ik dacht dat ik het je al had verteld.

"Nee, mijn vriend" ontkende het meisje. 'Je bent geen Engelsman en geen wildjager, en je echte naam Morris ook niet. Wie ben jij?

Karel antwoordde niet.

"Behalve de naam", vervolgde Jenny, "ken ik de andere twee uitersten heel goed. Jij en je vriend zijn Duitsers, en je reden om in Kaapstad te zijn is niet om bont te verkopen, maar om de bewegingen en bedoelingen van de Engelsen te leren kennen.

'Je bent erg intelligent,' zei Karl wrang. 'Mag ik weten in welk absurd geval zo groot?

"Het is niet absurd en ook niet een vrije aanname van mij. Ik weet het gewoon. Ik weet al heel lang heel goed wat het echte werk van meneer Andreotti is, ook al weet hij niet dat ik zijn activiteiten ken. De sluwheid van een spion is misschien meer dan genoeg om een man voor de gek te houden, maar niet de intuïtie van een vrouw. Ik vermoedde het meteen, vooral vanwege zijn sterke interesse in het verkrijgen van informatie van de Engelse officieren, en ik heb het later geverifieerd. Wat jou betreft, ik wist wie je was kort voordat ik vanavond de nachtclub verliet. Het gedrag van je partner gaf me vooral inzicht; zijn schok toen ik Tony noemde, hun gekke jachtverhalen, hun kleding, ongepast voor jachtjagers, hun licht verbrande gezichten en jouw kennis van moderne dans, het waren meer dan genoeg aanwijzingen om iemand zijn ogen te laten openen. Later, bij Andreotti's huis, de weinige twijfels die ik nog had, verdwenen. Waarom heb je vanavond deuren en ramen gesloten in de drukkende hitte? Het was een onnodige voorzorgsmaatregel om een simpele bontverkoop af te handelen, vind je niet?

Karl had Jenny's uitleg gevolgd met een bewolkt gezicht en een bezweet voorhoofd. Een enkel woord van het meisje zou voor hem en Helmut voldoende zijn om onmiddellijk te worden gearresteerd en in een concentratiekamp te worden geïnterneerd. Maar er was iets, iets dat ik niet kon definiëren, dat hem vertelde dat Jenny ze nooit zou weggeven.

"Hoe heet je?" vroeg de jonge vrouw in het Duits.

'Karl' zei hij, niet in staat om het te helpen. Karel Weber. U kunt nu desgewenst aangifte doen bij de politie.

Het meisje bracht langzaam haar gezicht dichter bij het zijne. Karl voelde Jenny's geparfumeerde adem al op zijn gezicht. Hij omcirkelde automatisch het middel van de jonge vrouw, trok haar naar zich toe en bracht zijn lippen op de hare.

'Karl' zei Jenny kort daarna, met haar hoofd op de schouder van de Duitse luitenant, 'je moet onmiddellijk vluchten; Jullie moeten allebei vluchten, jij en...

"Helmut.

"...en Helmut. Ik ben niet de enige die het is opgevallen; ook luitenant Jenkins vermoedt iets. Als je dat niet doet, duurt het niet lang voordat je gearresteerd wordt, en ik wil niet dat dit gebeurt, want... ik hou van je, Karl.

Hij was nog steeds om haar middel, maar zijn gedachten waren heel ver daar vandaan, veel verder naar het noorden, in Europa, in Duitsland. Hij herinnerde zich Naty, zijn aanbeden Naty. Hij voelde zich een beetje schuldig. Als Naty dat wist...!

'We kunnen vanavond niet weg, Jenny,' zei hij ten slotte. "We staan zeker onder toezicht, en ons plotselinge vertrek zou argwaan wekken. Morgen, onder het voorwendsel om de dragers te gaan zoeken, zullen we vluchten.

"En ik zal je nooit meer zien" snikte het meisje. "Ik heb eindelijk het geluk gevonden en het gaat als een windvlaag aan mijn zijde.

"Ja, Jenny; we zullen elkaar op een dag weer zien "Karl verzekerd, niet erg zeker van wat hij zei". Als dit allemaal voorbij is.

'Ga, Karl, ga meteen! "vroeg ze met tranen in haar ogen." Ga met de jouwe en moge God je beschermen.

Het meisje maakte zich los van zijn omhelzing en opende de deur van het huis en verdween naar binnen.

'Tot ziens, Jenny,' zei Karl. Maar Jenny kon hem niet meer horen...

Op zijn weg terug naar Andreotti's huis, vond hij hem bezig met een reeks voorbereidingen.

'Godzijdank ben je teruggekomen,' zei hij. 'Met de dageraad moeten we proberen te vluchten. Een van mijn mannen is gekomen om me te vertellen dat de Engelsen van plan zijn morgen naar zijn ware persoonlijkheid te informeren. Ik heb drie paarden laten klaarmaken om de motorboot en daarmee de "Graf Spee" zo snel mogelijk te kunnen bereiken.

'Heb je geen zin om dit allemaal achter te laten? vroeg Karel. "Hier leefde hij als een prins, zijn bedrijf floreerde en het ontbrak hem aan niets.

"Ja, ik zal het gedeeltelijk voelen", antwoordde Andreotti. "Maar niet te veel. Ik heb al lang besloten dat ik op een dag Kaapstad zal moeten verlaten, en deze dag is aangebroken. Aan de andere kant wil ik een beetje rust, mijn gezondheid is gebroken door de nerveuze spanning waarin ik de afgelopen jaren heb geleefd. Ik heb aanzienlijke spaargelden in het buitenland en ben van plan ze te gebruiken om de rest van mijn leven zorgeloos door te brengen.

'Waar is luitenant Berling? vroeg Karel.

"Boven, even uitrusten.

Kort daarna bereikte Karl Helmut, die met gekruiste benen op een bed lag en rustig een sigaret rookte.

'Niet in slaap vallen,' adviseerde Karl. Binnen vier uur zouden we onderweg moeten zijn.

"Maak je geen zorgen, ik zal niet in slaap vallen. Ik heb te veel koffie gehad en het zou voor mij onmogelijk zijn. Heb je het meisje eindelijk achtergelaten? "Waar?

"In haar huis.

"Ze is een heel mooi meisje, maar ze lijkt me een beetje gevaarlijk.

'Gevaarlijk? vroeg Karl. 'Nee, dat is ze niet. Ze weet wie we zijn sinds ze ons heeft gezien. Trouwens, ik heb het bevestigd.

Helmut sprong op het bed alsof hij door een adder was gestoken.

"Wat heb je haar verteld?

"Ja.

'Maar ben je gek?

'Nee, dat ben ik niet. Jenny wil niets zeggen.

"Zal niets zeggen, hè? Je slaat me de hele nacht, waarvoor mijn maag nog steeds pijn doet, voor kleine indiscreties van mij, en nu blijkt dat je alles vertelt aan de eerste vrouw die je aankijkt met koe Het lijkt wel een leugen! "Helmut liep door de kamer met zijn handen op zijn hoofd." Wat een onvoorzichtigheid, mijn God, wat een roekeloosheid! Deze onstuimige hartstochten die je opwekt waar je ook gaat, zullen ons fataal worden.

"Rustig aan man! vroeg Karel. 'Ik verzeker je dat er door haar niets zal gebeuren. Ik zal je later over Jenny vertellen.

"Later? Wanneer? Als we met het water tot aan de nek staan? Wat een mooie situatie! Aan de ene kant de Engelsen en aan de andere kant de jungle met zijn vriendelijke en ongelukkige kleine wormen. Hoe dan ook, ik ga een dubbele cognac om te vergeten.'Helmut verdween door de deur, gevolgd door Karl.

* * *

Bij het eerste ochtendgloren verlieten de twee Duitse luitenants en Andreotti de stad. Hun rijdieren waren goed en ze reden met aanzienlijke snelheid door het struikgewas en de bomen van de jungle. Opeens stopte Andreotti.

'Iemand volgt ons', zei hij. Laten we de mars versnellen.

Ze brachten de paarden in galop, maar moesten vaak stoppen voor natuurlijke obstakels, zoals moerassige gebieden, kleine beekjes of overgroeide vegetatie.

'Nu weet ik zeker dat ze ons volgen', zei Andreotti opnieuw, terwijl hij zijn rijdier tegenhield. Vanaf hier hebben de paarden geen zin meer. We moeten ze in de steek laten en de mars te voet voortzetten.

Ze pakten de kleine bundels die de Duitse agent had meegebracht op hun schouders en gingen de struiken in.

Na een korte wandeling gaf Karl een waarschuwingskreet. Een groep mannen gewapend met geweren rende een nabijgelegen heuvel af.

"De inheemse politie!" riep Andreotti uit. "Op volle snelheid!

Ze stonden op het punt hun weg te vervolgen toen er een man voor hen verscheen die Karl onmiddellijk herkende als luitenant Jenkins. Hij had een pistool in zijn hand, waarmee hij het op hen richtte, en er verscheen een ironische glimlach op zijn mond.

"Heren, de komedie is voorbij! "Hij zei". In de naam van Zijne Britse Majesteit, geef jezelf gevangenen.

Snel als de bliksem trok Karl zijn pistool en vuurde bijna zonder te richten. Jenkins legde zijn linkerhand op zijn rechterschouder en liet het pistool vallen. Een nieuwe man verscheen uit het struikgewas, en zorgvuldig mikkend vuurde hij op Karl. Maar toen gebeurde er iets onverwachts, iets waar niemand aan dacht. Een gestalte, gekleed in een witte jurk, verscheen op het toneel en wierp zich in Karls armen. De kogel die voor hem bedoeld was, bleef in de rug van de nieuwkomer steken en Jenny viel, omdat zij het was, op de grond. Andreotti vuurde zijn revolver af op degene die het meisje had verwond en elimineerde hem met een nauwkeurig schot in het hoofd.

Karl knielde naast de jonge vrouw en liet haar haar hoofd op zijn arm rusten.

"Jenny!" hij riep uit. "Waarom heb je dit gedaan?

'Karl, ik... ik kwam erachter dat je gearresteerd zou worden en ik wilde het je vertellen, maar... ik was te laat. 'Ze sprak moeilijk en spande zich enorm in, en Karl realiseerde zich pijnlijk dat het meisje stervende was.

Helmut had een pistool op luitenant Jenkins, die tegen een boom leunde en met zijn hand zijn gewonde schouder vasthield. Andreotti keek achter enkele struiken naar de inheemse politie, die snel naderbij kwam.

'Jenny,' zei Karl, 'je hebt mijn leven gered door het jouwe bloot te leggen. Je zou het niet moeten doen.

'Ik ben blij, Karl,' zei ze met gebroken stem. "Je hebt me de enige echt gelukkige momenten van mijn leven gegeven. Nu kan ik zeggen dat ik ooit gelukkig ben geweest. "Toen vervolgde ze": ik ga dood...

'Nee, Jenny, nee! 'Hij schreeuwde en maakte een beweging om haar in haar armen te nemen en op te tillen.' We nemen je mee en je zult snel genezen.

Het meisje hield hem tegen met een zwak gebaar.

"Arme Karel! "Ze zei". Je weet dat dit niet kan.

De blauwe kleur van zijn ogen werd met het moment intenser en zijn ademhaling moeilijker.

'Karl, vertel me iets. Daar... in Duitsland wacht iemand op je terugkomst... toch?

Hij keek naar beneden en voelde zijn ogen even troebel worden.

'Is ze mooi, Karl? 'vroeg ze, terwijl ze het gezicht van de Duitse luitenant streelde.

'Ja, Jenny, ze is heel mooi; maar niet zoveel als jij.

"Dank je, Karl" bedankte ze met een zwakke glimlach.

'Ik wou dat ik iets voor je kon doen,' schreeuwde hij angstig.

"Je kunt het doen als je wilt. Kus me nog een keer.

Karl boog zich over het meisje heen en drukte zijn lippen op de hare. Toen hij weer rechtop ging zitten, was Jenny al overleden. Haar wangen waren wit als sneeuw en haar ogen waren strak op de lucht gericht.

"Vaarwel Jenny! "Zei Karl, nadat hij het hoofd van het meisje zachtjes op de grond had laten zakken." Vergeet je nooit!

Op dat moment kwam Helmut naar zijn vriend toe rennen, hem bij de arm grijpend en hem dwingend hem te volgen.

Toen hij luitenant Jenkins passeerde, pauzeerde Karl even.

'Heb je iets nodig?' vroeg hij.

"Niets bedankt.

'Het spijt me dat we elkaar niet onder betere omstandigheden hebben ontmoet.

Snel als de wind verdwenen de drie mannen in het struikgewas.

HOOFDSTUK XII
DE ONTSNAPPING

Ruim drie uur lang liepen ze onophoudelijk in een stevig tempo door de jungle, op de voet gevolgd door de inheemse politie. Helmut hijgde luid. Zijn longen leken op het punt te barsten en zijn hele lichaam was materieel bedekt met zweet. Zonder zich zorgen te maken over de mogelijke aanwezigheid van slangen, die hem zoveel afschuw opwekten, ging hij het kleurrijkste kreupelhout in of spetterde zonder angst in het wad en moeras. Hij vervloekte alles binnensmonds, de Engelsen, Karl, de Duitse agent en zichzelf, en zou deels blij zijn geweest bij de verschijning van een reptiel, op wie hij had beloofd zijn woede te ventileren.

Karl, een paar stappen voor zijn vriend, rende ook zo snel als zijn vermoeide benen hem konden dragen, nauwelijks aandacht schenkend aan zijn omgeving. Hij marcheerde als een automaat, zonder precies de reden van die wilde vlucht te begrijpen. Hij passeerde een droge, gebarsten boom en sneed zijn arm diep met een te lage tak, maar hij merkte het nauwelijks. Zijn handen en voeten bloedden hevig en de modder die zijn wonden bedekte zou een angstaanjagende kwelling hebben veroorzaakt voor een ander die niet Karl was geweest, die zich totaal niet bewust was van de realiteit. Zijn aandacht was gericht op de herinnering aan de lange reeks gebeurtenissen die hen in een paar uur waren overkomen. Zijn vertrek uit de Graf Spee, de lange tocht door de jungle op weg naar Kaapstad; de Engelse officieren die ze ontmoetten in de nachtclub, waar Jenny dat lied voor hem had gezongen waarvan hij dacht dat hij het nog hoorde; het diner in het huis van Andreotti en de geparfumeerde adem van het meisje en vooral haar dood in haar armen. Karl vroeg zich af of het niet allemaal een droom of nachtmerrie uit zijn verbeelding was geweest. Maar de vloeken die Helmut voortdurend achter zijn rug mompelde, deed hem afzien van zo'n veronderstelling: het was realiteit; aangename en trieste realiteit tegelijk.

Andreotti was de enige die zijn hoofd koel hield. Hij toonde veel oefening, ongetwijfeld opgedaan tijdens zijn lange verblijf in Afrika, en baande zich met relatief gemak een weg door de dichte vegetatie, waarbij hij gebruik maakte van de meest afgelegen paden en de meest onverwachte kortere wegen vond. Af en toe pauzeerde hij even en luisterde aandachtig, maar hervatte onmiddellijk zijn duizelingwekkende vlucht.

Ze bereikten de rivier waar Karl en Helmut elkaar de vorige middag zo haastig hadden gezien.

"Deze wateren zijn besmet met krokodillen," waarschuwde Karl Andreotti.

"Ik weet het" was zijn antwoord. Vervolgens haalde hij uit een pakket vier kleine artefacten, zo groot als een sinaasappel, die hij voorzichtig op de grond plaatste.

'Handgranaten', zei hij tegen beide vrienden. 'Dit zal de Saurians een paar ogenblikken weghouden. We kunnen hier de aandacht van onze achtervolgers trekken, maar anders is niet mogelijk.

Andreotti pakte de vier granaten een voor een en gooide ze, nadat hij de veiligheidspal had losgemaakt, in de rivier. Vier ontploffingen deden de jungle schudden en evenzoveel kolommen water stegen tot aanzienlijke hoogte. Zonder zich deze keer uit te kleden, sprongen ze onmiddellijk in het water en bereikten kort daarna de overkant.

"We hebben het bereikt", zei de Duitse agent. wandelen!

Ze liepen de hele dag, zij het in een langzamer tempo, en tegen het einde van de middag waren ze buiten het bereik van de koloniale politie. Andreotti stopte bij een paar rotsen die aan de voet van een lage heuvel waren genesteld, en terwijl hij zijn last afwierp, liet hij zich op de grond vallen.

'We zullen hier de nacht doorbrengen', zei hij. Binnen een uur gaat het regenen en bij een storm dreigen we te verdwalen. Aan de andere kant zijn we met z'n drieën moe en moeten we wat eten en een paar uur rusten. Met de dageraad doen we de rest van de weg.

Helmut keek naar de lucht. Dikke zwarte wolken pakten zich samen en kregen een uiterst dreigend aspect. Een stormachtige wind begon door de bomen te fluiten en sloeg met geweld in zijn gezicht. Zijn kleren waren nog kletsnat en hij had het koud. Hij zat naast Karl, die met neergeslagen ogen alles leek te beseffen.

"Kom op Karel! Een beetje opvrolijken! "Hij zei". U bent niet verantwoordelijk voor wat er is gebeurd. Het is handig dat je er overheen probeert te komen, vergeet niet dat we onze missie nog moeten afmaken.

Andreotti haalde een fles cognac uit een zak, die hij aan Helmut overhandigde. Hij ontkurkte het en dwong zijn vriend een lange slok te nemen. De drank bracht Karl weer tot leven, die er meteen uit leek te komen. Helmut stelde de fles zwaar op de proef en liet hem niet los totdat zijn maag hem dwingend opdroeg.

'Nu', zei Andreotti, 'zullen we een grot zoeken, in overvloed in deze regio, waar we kunnen schuilen. De bui zal groot zijn.

Na een korte zoektocht vonden ze een kleine grot, waarin ze hun toevlucht zochten. Een bliksemschicht, gevolgd door een verblindend licht, scheurde de lucht en signaleerde het begin van een verschrikkelijke storm, die zo vaak voorkomt in de tropen.

Met wat droge houtblokken ontdekten ze dat ze een vuur maakten, tot wiens warmte ze naderden. De jungle was stil. De bewoners waren stil gevallen, ongetwijfeld doodsbang door het geraas van de donder, en alleen dit en het eentonige geluid van de dikke gordijnen van water dat uit de wolken viel, verstoorden de heersende stilte.

"We moeten ons ervan bewust zijn. Bij deze gelegenheden zoeken de beesten overal beschutting en kunnen we een onaangenaam bezoek krijgen.

Andreotti haalde zijn revolver uit zijn hol, droogde hem zorgvuldig en laadde hem met munitie uit een kleine waterdichte canvas koffer. Karl en Helmut volgden.

De hele nacht hield het niet op met regenen. Bij het eerste licht van de dag hervatten ze hun mars en kwamen in de vroege namiddag aan op de plaats waar ze de opblaasbare boot verborgen zouden laten. Maar hoewel ze overal naar hem zochten, konden ze hem niet vinden.

HOOFDSTUK XIII
HET EINDE VAN EEN SPY

"Wauw! We hadden dit gewoon nodig", zei Helmut. Dus, wat kunnen we nu doen?

'Nou, reden,' zei Andreotti op zijn beurt. Bespreek, om te zien of we een manier vinden om de motorboot te bereiken.

'Ik ben er vrij zeker van dat dit de plek was.

Karl bleef de kust herkennen en liep onophoudelijk van de ene naar de andere kant.

'En u vergist zich niet,' verzekerde de Duitse agent. De afgelopen nacht is de zee erg ruw geweest en de golven zullen zeker de ligplaats hebben gebroken en de boot hebben gesleept.

'Maar als we het laten, op het land! Helmut protesteerde.

"Waar precies?

"Daar. Naast die rotsen. "Helmut wees met zijn vinger naar enkele rotsen achter hem, ongeveer vijftig meter van het water.

"Zo zijn" vervolgde Andreotti, het is heel duidelijk. Het tij is hoog gekomen, zoals je kunt zien aan de borden die achtergelaten zijn, en hij heeft het weggenomen.

'Ik heb de matrozen bevolen', zei Karl 'zo dicht mogelijk bij de kust te komen. Misschien kunnen we ze lokaliseren.

De drie begonnen voorzichtig de zee af te speuren. Opeens schreeuwde Helmut.

"Daar, daar zijn ze. Aan de rechterkant, ongeveer twee mijl van hier.

Optioneel konden ze op de door Helmut aangegeven plaats een onbepaalde zwarte stip zien, maar logischerwijs gingen ze ervan uit dat het de motorboot was. Ze brachten meer dan een uur door met schreeuwen, gebaren en zwaaien met takken en witte vodden, maar het had allemaal geen zin. Ze bouwden een vuur in de hoop dat de rook gemakkelijk te zien zou zijn door de matrozen, maar dat was niet het geval.

'We kunnen niet de hele dag bezig zijn om hun aandacht te trekken. Ik denk dat jullie wel kunnen zwemmen, toch? vroeg Andreotti.

"Ik denk dat dit het enige is dat ik goed heb geleerd in dit leven", verzekerde Helmut.

"Nou, laten we geen tijd meer verspillen en proberen de motorboot te winnen door te zwemmen.

Andreotti maakte snel de pakjes los die hij had meegebracht, haalde er kleinere uit, bond ze om zijn middel en gooide de rest van de inhoud weg.

Ze sprongen in het water en begonnen te zwemmen. Ze waren halverwege toen het bloed van Karl en Helmut koud werd. Andreotti had net geschreeuwd, een wanhopige schreeuw, een mengeling van angst, pijn en angst. Karl draaide zich snel om en even zag hij het gezicht van de Duitse agent in een afschuwelijke grimas vertrokken, voordat hij onder water verdween.

"Haaien!' zei Karl en hij begon meteen uit alle macht te zwemmen, in navolging van Helmut, die op dat moment alle wereldrecords brak.

Ze legden ongeveer driehonderd meter af zonder te zijn aangevallen door een haai, en Karl vermoedde dat degene die Andreotti aan stukken had gescheurd, een geïsoleerd exemplaar moest zijn. Maar daarvoor hebben ze niet stil gezeten.

"Ze hebben ons gezien, ze hebben ons gezien!' schreeuwde Helmut minuten later. Ze komen deze kant op.

Kort daarna stapten beide vrienden, geholpen door de twee matrozen, volledig uitgeput aan boord van de motorboot.

Omdat de "Graf Spee" hen pas de volgende nacht verwachtte, brachten ze de rest van die dag en de andere dag door met zeilen rond de plaats die door Langsdorff was aangegeven voor de ontmoeting, tot grote wanhoop van Helmut, die tegen die tijd een goede rekening gehouden met de sherryfles.

Eindelijk zagen ze in de verte een licht dat groter werd naarmate het dichterbij kwam, en al snel stonden ze op het dek van het slagschip, tegenover Langsdorff, die hen hartelijk de hand schudde als welkom.

Ze vertelden in een paar woorden alles wat er met hen was gebeurd sinds ze de Graf Spee hadden verlaten, terwijl Karl voorzichtig zweeg over Jenny. Ze brachten de kapitein ook op de hoogte van Andreotti's dood en de omstandigheden ervan en informeerden hem over de onmiddellijke aanwezigheid in die wateren van een krachtige Engelse marineformatie bestaande uit de kruiser "Renown", het vliegdekschip "Ark Royal", met zestig vliegtuigen en vier vernietigers. Karl bracht ook de mening van de Duitse agent over dat het het meest geschikt zou zijn om naar de Indische Oceaan te gaan, waar Engeland geen krachtige eenheden had, evenals de aanwezigheid in Latijns-Amerikaanse wateren van een eskader bestaande uit de kruisers "Cumberland », «Exeter», «Ajax» en «Achilles». Langsdorff feliciteerde hen oprecht met het gelukkige succes van zijn onderneming,

HOOFDSTUK XIV
VERVOLGD

Op 14 november voer de Duitse zeerover al door het Kanaal van Mozambique. Hij was erin geslaagd om zonder incidenten de punt van Kaap de Goede Hoop over te steken, ondanks de strenge bewaking die de Engelsen in dat gebied hadden ingesteld met kleine tonnageschepen.

De volgende dag werd een schip met kleine waterverplaatsing, de "Africa Shell", waargenomen, getroffen door een torpedo en snel gezonken.

Vice-admiraal Wells hoorde van het zinken van de «Africa Shell», precies op de achttiende, en zette snel koers met kracht «K» naar de Kaapse meridiaan met als doel de terugkeer van de «Graf Spee» naar de Atlantische Oceaan te onderscheppen, aangezien de Engelse commandant veronderstelde dat, aangezien het zeeroversschip spoedig zou terugkeren naar Duitsland, dat de enige mogelijke manier was.

De bewaking van kracht «K» was nutteloos. Door het slechte weer kon het vliegtuig niet opstijgen en zonder dit was het bijna onmogelijk om het slagschip te vinden. Met het oog hierop besloot Wells naar Kaapstad te gaan om de bemanningen van zijn schepen uit te rusten, maar een paar uur nadat hij voor anker was gegaan op de Engelse basis, ontving hij het nieuws over het zinken van de "Dorio Star", een 1086-tons koopvaardijschip , bij de "Graf Spee", driehonderd mijl, 270e van de zuidelijke grens van Angola. De zeerover was terug in de Atlantische Oceaan zonder dat ze iets hadden kunnen doen om dit te voorkomen.

Wells ging met al zijn eenheden naar een punt op gelijke afstand van Kaapstad, Port Stanley en Rio de Janeiro, van waaruit hij zich kon haasten naar waar de "Graf Spee" zich ook bevond. Maar Langsdorff, die Wells' manoeuvre vermoedde, zette koers naar de Zuid-Atlantische Oceaan, ondanks het gevaar om onder de kanonnen van de

Zuid-Amerikaanse vloot te vallen, minder krachtig dan Force 'K', maar een geduchte vijand.

De Zuid-Amerikaanse vloot, onder bevel van Commodore Harwood, bestond uit vier kruisers: de 10.000 ton wegende Cumberland, met acht kanonnen van 208 millimeter, nog eens acht kanonnen van 102 millimeter en acht torpedobuizen van 533 millimeter. Ze ontwikkelde tweeëndertig knopen snelheid. De "Exeter", van achtduizend driehonderdnegentig ton, bewapend met zes kanonnen van 203 millimeter, acht kanonnen van 102 millimeter, verschillende luchtafweerkanonnen en acht torpedobuizen van 533 millimeter. Haar snelheid was tot dertig en een halve knop, iets meer dan de Cumberland. De "Ajax" verplaatste zevenduizend ton en was bewapend met zestien kanonnen, acht van 152 millimeter en acht van 102 millimeter, luchtafweer en acht torpedobuizen van 533 millimeter. De «Achilles» had dezelfde kenmerken als de vorige.

In de eerste dagen van december was de "Cumberland" in Port Stanley om verschillende reparaties uit te voeren. Harwood had daarom alleen de Exeter, de Ajax en de Achilles en was gedwongen ze ver uit elkaar te houden om een uitgestrekt gebied van meer dan drieduizend mijl te bestrijken.

Op 3 december ontving de commodore het nieuws van het zinken van de «Dorische Ster» door de «Graf Spee», die zich in de Indische Oceaan zou bevinden. De aanwezigheid van de zeerover in de Atlantische wateren werd later bevestigd door de Nederlandse stoomboot «Mapia».

Harwood vermoedde dat nadat de Doric Star was gezonken, het Duitse slagschip snel van positie zou veranderen, ofwel naar het zuidwesten of naar het noorden. In het laatste geval zou de kracht «K» zijn pad blokkeren; maar als ze naar het zuidwesten ging, zou hij haar met zijn drie kruisers onder de Graf Spee ontmoeten. Hij kwam tot de conclusie dat het op 12 december bij zonsopgang in de buurt van Rio de Janeiro zou kunnen verschijnen; op de middag van de twaalfde of op de ochtend van de dertiende, in de monding van de Río de la Plata, of op de middag van de veertiende, in de wateren van Falklandeiland. Waar te gaan? Hij koos terecht voor het centrale punt, namelijk het estuarium van Plata, waar het zeeverkeer aanzienlijk was. In een radiobericht gaf hij zijn schepen «Exeter» en «Achilles» ontmoetingspunt voor de ochtend van de twaalfde,

De Engelse commodore bestudeerde het probleem zorgvuldig en kwam tot de conclusie dat als de ontmoeting vóór de zeventiende dag zou plaatsvinden, hij alleen de «Graf Spee» zou moeten trotseren, aangezien op de twaalfde dag de «K»-macht nog steeds erg ver weg was, ongeveer vijftienhonderd mijl van het rendez-vous punt. Moet hij gewoon contact maken terwijl hij wacht op de kanonnen van de Renown en de vliegtuigen van de Ark Royal? Maar zo'n contact kan 's nachts verloren gaan en overdag zou het zicht constant buiten het bereik van de kanonnen van de zeerover moeten zijn. Om deze redenen gaf hij het eenvoudige onderhoud van het contact op en besloot hij voor de strijd te gaan, waarbij hij vakkundig de artilleriekracht van zijn kruisers speelde met hun verdeling in drie groepen en met hun mobiliteit die superieur was aan die van zijn machtige tegenstander.

* * *

Op 3 december heeft de «Graf Spee» de «Tairoa» voor de kust van Afrika tot zinken gebracht en vervolgens om twee redenen richting Amerika gegaan: ten eerste om weg te komen van de plaatsen waar het zich bevond, en ten tweede omdat na het zinken van de olietanker «Ussukuma» van de Britten, was het brandstofvoorzieningsprobleem extreem moeilijk geworden en begon de situatie nijpend te worden voor de Duitse zeerover, die snel door zijn laatste voorraden heen raakte. Aan de andere kant, de Engelsen, zich ervan bewust dat het stoomschip «Tacoma», dat voor anker lag in de haven van Montevideo, dieselolie en voorraden voor de «Graf Spee» laadde, wachtte het op bij de uitgang van de Plata-estuarium.

Op de zevende jaagde het pocket slagschip op de 3.895 ton «Streonshalm», die het aanviel met zijn artillerie van tweehonderdtachtig pond en vervolgens zeilde in de richting van La Plata. Op de dertiende zag ze wat rook aan bakboordzijde, aan de grens van de horizon, en ze liep naar hen toe om ze te herkennen.

HOOFDSTUK XV
KARL'S GEHEIM

Sinds zijn terugkeer naar de Graf Spee, kon Helmut een grote verandering in Karl zien. Als hij geen dienst had, bracht hij het grootste deel van de dag opgesloten door in zijn hut of liep hij alleen en nadenkend over het dek heen en weer. Als iemand hem aansprak, beperkte hij zich tot antwoorden met eenlettergrepige of eenvoudige bewegingen van het hoofd. Helmut probeerde tevergeefs zijn vriend te laten reageren en hem uit de wanhoop te halen die hem overweldigde. Het was waar dat Karl altijd, of in ieder geval zolang hij hem kende, een vreemde eend in de bijt was, maar de laatste tijd was zijn vreemdheid aanzienlijk verscherpt.

Op een nacht, terwijl de Graf Spee naar Amerika voer, ging Helmut aan dek met de bedoeling een stukje te lopen voordat hij naar bed ging. De lucht was helder en de maan, in al zijn pracht, werd weerspiegeld in de licht golvende zee. Er waaide een aangenaam briesje, waar Helmut zijn longen mee vulde. Hij leunde over de reling en stak een sigaret aan.

Er waren nog geen vijf minuten verstreken toen een schaduw die uit de duisternis verscheen hem naderde.

"Hallo Helmut!

"Goedenavond, Karl" begroette hij.

"Kon niet slapen, hè?

'Nee. Het is te warm.

Beide mannen rookten lange tijd in stilte. Ten slotte wendde Karl, die zijn sigaret in het water gooide, zich tot zijn vriend.

"Dit wordt lelijk", zei hij. We hadden nu al terug moeten zijn en we bevinden ons nog steeds midden in de Atlantische Oceaan, van alle kanten lastiggevallen en zonder zeker te weten waar we heen gaan.

'Ik vertrouw Langsdorff', verzekerde Helmut hem kalm. Hij zal weten hoe hij ons uit de file kan krijgen.

"Langsdorff is niet onfeilbaar. Zonder voedsel en brandstof kan zelfs hij niets doen. De gasolie raakt soms op en houwitsers en torpedo's zijn schaars. Wells en Harwood komen op ons af en ze zullen niet lang op ons jagen. Het lijkt mij dat de Graf Spee nooit meer naar Duitsland zal terugkeren.

"Dit is een zeer pessimistische kijk op de situatie", zei Helmut, hoewel hij ook dacht als zijn vriend.

Karl stak nog een sigaret op, en nadat hij een trekje had genomen, zei hij:

"Ik weet niet precies wat er zal gebeuren, maar voor het geval er iets misgaat en ik niet terug kan naar Duitsland, wil ik dat je goed luistert naar een verhaal dat je aan Naty zult herhalen, net zoals ik het ga vertellen. aan u. Smeek hem dan om me te vergeven.

Helmut nam zich voor geen lettergreep te missen van wat hij ging horen. Eindelijk zou hij het geheim weten dat Karl zo lang zo angstvallig had bewaard.

"Ik "begon zijn vriend", ik vermoordde Naty's vader.

Er viel een diepe stilte die uiteindelijk werd verbroken door een lach van Helmut.

'Maar wat voor onzin zeg je? Naty's vader werd verscheurd door een mijn die ontplofte toen de "Staal" werd geladen.

'Precies,' bevestigde Karl. Ik was niet de materiële auteur, dat is waar; maar die mijn was niet bestemd om de dood van luitenant Müller te veroorzaken, maar de mijne.

'Ik begrijp je niet,' zei Helmut.

'Nu zul je me begrijpen. Toen ik net na het verlaten van de Academie aan de "Staal" werd toegewezen, ontmoette ik een luitenant op dat schip, Naty's vader, en we werden meteen goede vrienden, ondanks dat hij veel ouder was dan ik. Müller kwam niet van de Academie, maar had zijn diploma behaald na lange jaren dienst bij de marine. Het ontbrak hem misschien aan theoretische kennis, maar in termen van praktijk gaf hij honderdnegen aan elke officier van de huidige promoties. Van hem leerde ik de meeste kennis die ik heb, en het amuseerde hem erg om te zien hoe een eenvoudige vuurhoek te berekenen. Ik raakte betrokken bij ingewikkelde wiskundige bewerkingen die hij totaal onnodig vond. Hij was een uitstekend persoon en van de kapitein tot de laatste zeeman werd hij gewaardeerd en gerespecteerd. Vele jaren geleden was hij getrouwd met een meisje, ik bedoel Naty's moeder, die kort daarna door het overlijden van haar vader in het bezit kwam van een groot fortuin. Ondanks de wensen van haar vrouw wilde Müller de marine niet verlaten, ten eerste omdat hij een ware roeping jegens haar voelde en ten tweede omdat het hem niet fatsoenlijk leek om te leven ten koste van geld dat niet van hem was. Misschien was zijn oordeel wat overdreven, maar hij bleef bij zijn besluit.

ik stopte bij zoveel bars en cafés als we konden, en het resultaat was dat toen het tijd was om terug te keren naar de «Staal» om dienst te doen, ik volledig dronken was. Naty's vader probeerde me te reanimeren en me te overtuigen om te vertrekken, omdat mijn werk niet zou kunnen doen, me ernstige schade zou kunnen berokkenen, maar ik stond erop, volledig gedomineerd door alcoholdampen, bij hen te blijven. Ik herinner me dat ik Naty's vader beledigde en hem vertelde dat ik zou doen wat ik wilde. Hij, die de leiding had over mijn staat, en zodat mijn afwezigheid niet opgemerkt zou worden, verving mij. Een uur later explodeerde een defecte mijn terwijl deze op de Staal werd geladen, waarbij vier mannen, drie matrozen en luitenant Müller omkwamen. omdat het niet doen van mijn werk me ernstige schade zou kunnen berokkenen, maar ik stond erop, volledig gedomineerd door alcoholdampen, bij hen te blijven. Ik herinner me dat ik Naty's vader beledigde en hem vertelde dat ik zou doen wat ik wilde. Hij, die de leiding had over mijn staat, en zodat mijn afwezigheid niet opgemerkt zou worden, verving mij. Een uur later explodeerde een defecte mijn terwijl deze op de Staal werd geladen, waarbij vier mannen, drie matrozen en luitenant Müller omkwamen. omdat het niet doen van mijn werk me ernstige schade zou kunnen berokkenen, maar ik stond erop, volledig gedomineerd door alcoholdampen, bij hen te blijven. Ik herinner me dat ik Naty's vader beledigde en hem vertelde dat ik zou doen wat ik wilde. Hij, die de leiding had over mijn staat, en zodat mijn afwezigheid niet opgemerkt zou worden, verving mij. Een uur later explodeerde een defecte mijn terwijl deze op de Staal werd geladen, waarbij vier mannen, drie matrozen en luitenant Müller omkwamen.

Karel viel stil. Helmut keek hem ademloos aan, een verbijsterde grimas op zijn gezicht.

"Sindsdien," vervolgde Karl, "ben ik niet in staat geweest om de vreselijke obsessie kwijt te raken die ik schuldig was aan zijn dood, dat ik hem heb vermoord. Degene die tot dan toe mijn beste metgezel was geweest, was op een vreselijke manier gestorven. vanwege mijn onuitsprekelijke gedrag. De kapitein van de «Staal» kwam er niet achter op het moment van de vervanging en de andere officieren die in het geheim waren, bleven stil. Maar ik kon die situatie niet verdragen voor een lange en op een mooie dag ging ik naar Naty's moeder en vertelde haar alles. Ik zal nooit vergeten hoeveel moeite het me kostte om mijn verhaal af te maken. Mevrouw Müller luisterde aandachtig tot het einde zonder enige wrok of emotie te uiten. Alleen diep verdriet werd weerspiegeld op haar gezicht. Toen ik klaar was, vertelde ze me:

'Mijn zoon, ik denk niet dat je schuldiger bent dan de anderen. Harold had me meerdere keren over je verteld. Hij wist dat jullie goede vrienden waren en ik weet dat jouw gedrag in tegengestelde omstandigheden identiek zou zijn geweest aan dat van hem.

"Het leek me", zei Karl zijn verhaal voortzettend, "dat het gewicht van een berg van mijn schouders verdween, dat ik weer tot leven kwam. Maar toen wilde mevrouw Müller dat ik haar dochter zou ontmoeten, de dochter van mijn vriend, en, verdomde ironie, werd ik smoorverliefd op Naty en zij op mij. Haar moeder vroeg me om haar dochter nooit de waarheid te vertellen, omdat, zoals ze geloofde, het voor Naty moeilijker zou zijn om mij te vergeven en te begrijpen, iets waarvan ze zeker was, dat mijn gedrag niet de oorzaak was van de dood van haar vader . Een paar dagen gingen voorbij en vol walging van mijn lafheid verscheen ik voor de kapitein van de "Staal" en vertelde hem ook alles. Ik werd voor de krijgsraad gebracht, maar korte tijd later, ik weet nog steeds niet waarom, werd de procedure opgeschort en werd ik hersteld op mijn post. Sindsdien heb ik vele malen geprobeerd om weg te komen van Naty, maar ik heb het niet kunnen doen; Ik hou te veel van haar. Bij talloze gelegenheden ben ik in de verleiding gekomen om haar de waarheid te vertellen over wat er is gebeurd, maar de angst om haar te verliezen heeft me verhinderd. Ik wil niet doorgaan met deze farce, en ik ben vastbesloten dat je het weet en dat je me beoordeelt zoals je wilt. Ik zou niet aan haar zijde kunnen leven met zo'n geheim tussen ons. Maar. "Karl staarde naar Helmut", voor het geval het ergste gebeurt en ik niet naar Duitsland kan terugkeren, beloof me dat je haar alles zult vertellen zoals ik je heb verteld. Ik leef aan haar zijde met zo'n geheim tussen ons. Maar. "Karl staarde naar Helmut", voor het geval het ergste gebeurt en ik niet naar Duitsland kan terugkeren, beloof me dat je haar alles zult vertellen zoals ik je heb verteld. Ik leef aan haar zijde met zo'n geheim tussen ons. Maar. "Karl staarde naar Helmut", voor het geval het ergste gebeurt en ik niet naar Duitsland kan terugkeren, beloof me dat je haar alles zult vertellen zoals ik je heb verteld.

'Je hebt mijn woord, Karl,' zei Helmut alleen.

HOOFDSTUK XVI
SLAG OM DE RIVIERPLAAT

In de vroege uren van 13 december was de divisie van Harwood tweehonderd mijl verwijderd van de 110e van de Rio Grande do Sul. Het weer was goed, de lucht helder, het zicht uitstekend, een koele bries uit het zuidoosten en de zee een beetje achterblijvend in dezelfde richting. Om zes uur en vijftien minuten gaven de diensten van «Ajax» een rookontwikkeling aan met vertraging van 320°. Alle tweelingen draaiden zich om en de Exeter kreeg de opdracht de signaalrook te herkennen. De commandant van genoemd schip deelde de commandant van de vloot, Commodore Harwood, die in de «Ajax» zat, mee dat de kenmerken van de stoomboot die van een pocket-slagschip waren. Ze kon niet anders zijn dan de «Admiraal Graf Spee», de gevreesde zeerover die al zovele maanden dringend gezocht werd. De grote massa naderde met aanzienlijke snelheid en de Engelsen manoeuvreerden door zich in twee groepen te verdelen. De "Exeter" zette haar helmstok naar bakboord om haar stuurboordzijde aan het slagschip te presenteren. Aan haar zijde zeilde de "Graf Spee" op 125° en veertien knopen toen ze de Engelse divisie op 19.000 meter herkende.

Langsdorff beval stations tot actie te roepen en binnen een paar seconden nam het zeeroverschip een ongewoon leven. Mannen renden alle kanten op om hun corresponderende posities in te nemen. De officieren verdeelden de matrozen op de juiste plaatsen en de kanonnen van de drie torens begonnen langzaam te draaien. De commandant van het slagschip, die zich realiseerde dat ontsnapping totaal onmogelijk was, aangezien de vijandelijke kruisers de «Graf Spee» in snelheid overtroffen, bereidde hij zich voor om de drie Engelse schepen tegelijkertijd de strijd aan te bieden, vechtend aan beide kanten. De wind was gunstig om de rook van de schoten weg te blazen en het zicht was schitterend. Langsdorff wees een geschutskoepel van 280 millimeter toe aan de "Exeter", een andere aan de "Ajax" en de vier kanonnen van 150 millimeter aan de "Achilles".

Vier minuten na de waarneming, om 16.18 uur, opende de «Graf Spee» het vuur op de «Exeter» en de «Ajax» met kanonnen van 280 millimeter, op een afstand van 18.500 meter. Om 6:20 deed de «Exeter» het, om 6:21 de «Ajax» en om 6:23 de «Achilles». De commandant van het Duitse slagschip realiseerde zich onmiddellijk de vijandelijke manoeuvre, die bedoeld was om het tussen twee bendes te vangen, en beval al het vuur op de «Exeter» te concentreren om het af te maken. De afstand was teruggebracht tot 16.500 meter en het Duitse schot was perfect. Het eerste salvo kwam te kort, het tweede lang en het derde vorkte het schip. De «Exeter» kreeg een hevige regen van granaatscherven waardoor de gevechtscapaciteit soms afnam. Om 06:23 doodde een piek van 280 millimeter alle bedienden van de torpedobuisassemblage, beschadigde de transmissies en doorzeefde de trechters en het hele dek. Om 6:24, toren B kreeg een treffer in het midden, waardoor het buiten werking bleef, het veegde de brug en alleen de commandant van het schip en twee matrozen bleven ongedeerd. Een andere klap vernietigde het roer en de transmissies van de achterste commandopost en slechts één toren reageerde op het vuur van de Duitse zeerover. De kapitein had geen andere toevlucht dan aan dek te gaan en vanaf het stuurluik met de hand de orders naar de motoren, de artillerie en de buizen te leiden. Om 06:26 veroorzaakten nog eens twee treffers op de boeg verdere schade, branden en veel slachtoffers. In amper drie minuten tijd had de "Graf Spee" de "Exeter" uitgeschakeld met snel vuur en de "Ajax" en de "Achilles" op afstand gehouden met haar kanonnen van 150 millimeter. Maar om 6.30 uur beval Langsdorff de kanonnen van de 280 op "Ajax" te zetten en het slagschip de lichte kruiser te naderen om het te vernietigen. Tot dan, zij en haar tweelingzus, de «Achilles» had zestien kanonnen van 152 millimeter gebruikt voor slechts vier kanonnen van 150 millimeter, de

«Graf Spee»; om deze reden zorgde de Duitse commandant ervoor dat een toren van de 280 aan hen werd gewijd. De manoeuvre van het slagschip bracht de «Exeter» binnen de lanceerzone, waarvan de Engelse kapitein gebruik maakte door drie torpedo's af te vuren die hun doel niet bereikten, aangezien Langsdorff, die zich achter een rookgordijn verstopte, ze gemakkelijk ontweek.

De "Exeter" kreeg kort daarna twee nieuwe hits. De eerste vernietigde toren A en de tweede ging door het schip en veroorzaakte grote branden binnenin. Tegen die tijd had de Engelse kruiser beide boegtorens buiten werking. Alle transmissies, verminkt. De repeaters van de gyroscopische naald, beschadigd. Enkele waterdichte compartimenten, ondergelopen. Diverse brandbronnen. Alle torpedo's werden afgevuurd en veel doden en gewonden. Ze had alleen nog de twee achterste kanonnen van 203 millimeter over, maar haar effectiviteit was bijna nul. Door de brand moesten de opslagruimten onder water komen te staan en moest het vuur worden gestaakt. Ten slotte keerde de «Exeter», in vlammen gehuld, naar bakboord en gaf het gevecht op, op weg naar de Malvinas en arriveerde op de zestiende in Port Stanley.

De «Ajax» katapulteerde vervolgens een verkenningsvliegtuig van de twee «Seafox» die het vervoerde, aangezien een van hen werd vernietigd door granaatscherven van de «Graf Spee». Om 06.40 uur veroorzaakte een aanval van de 280 grote schade aan de «Achilles» en de kapitein raakte ernstig gewond. Vanaf dat moment trok de Duitse zeerover zich terug achter verschillende rookgordijnen die door de Engelse lichte kruisers werden achtervolgd, sneller en met zestien kanonnen van 152 millimeter, richting Montevideo. De Engelsen manoeuvreerden op afstand uit angst voor de 280 kanonnen van de Graf Spee, en er was de grootste botsing van het hele gevecht. De «Ajax» werd onmiddellijk gevorkt en om 7.24 uur verwijderde ze zich op volle snelheid en lanceerde vier torpedo's naar bakboord. Om 7.25 uur zette een schot van de 280 de toren X buiten werking van de «Ajax» en greep de T, vanaf nu niet meer dan de twee boegtorens kunnen gebruiken. Het verkenningsvliegtuig naderde de Duitse kaper, maar werd snel verdreven door luchtafweergeschut. De «Graf Spee» werd opnieuw bedekt achter een dicht rookscherm en lanceerde om 7.30 uur verschillende torpedo's die de vijandelijke kruisers konden manoeuvreren. Harwood koos er toen voor om het ballistische contact te verbreken en zo ver mogelijk weg te komen zonder het slagschip uit het oog te verliezen. Zijn bedoeling was om te wachten op de komst van de nacht en onder dekking van de duisternis te proberen hem te naderen en hem te verslaan. Hij was nog maar net met de operatie begonnen of een treffer van de 280 deed de topmast van Ajax omvallen. Om 7.50 uur bedroeg de afstand tussen de Engelse kruisers en de «Graf Spee» meer dan 20.000 meter. maar werd snel verdreven door luchtafweergeschut. De «Graf Spee» werd opnieuw bedekt achter een dicht rookscherm en lanceerde om 7.30 uur verschillende torpedo's die de vijandelijke kruisers konden manoeuvreren. Harwood koos er toen voor om het ballistische contact te verbreken en zo ver mogelijk weg te komen zonder het slagschip uit het oog te verliezen. Zijn bedoeling was om te wachten op de komst van de nacht en onder dekking van de duisternis te proberen hem te naderen en hem te verslaan. Hij was nog maar net met de operatie begonnen of een treffer van de 280 deed de topmast van Ajax omvallen. Om 7.50 uur bedroeg de afstand tussen de Engelse kruisers en de «Graf Spee» meer dan 20.000 meter. maar werd snel verdreven door luchtafweergeschut. De «Graf Spee» werd opnieuw bedekt achter een dicht rookscherm en lanceerde om 7.30 uur verschillende torpedo's die de vijandelijke kruisers konden manoeuvreren. Harwood koos er toen voor om het ballistische contact te verbreken en zo ver mogelijk weg te komen zonder het slagschip uit het oog te verliezen. Zijn bedoeling was om te wachten op de komst van de nacht en onder dekking van de duisternis te proberen hem te naderen en hem te verslaan. Hij was nog maar net met de operatie begonnen of een treffer van de 280 deed de topmast van Ajax omvallen.

Om 7.50 uur bedroeg de afstand tussen de Engelse kruisers en de «Graf Spee» meer dan 20.000 meter. Harwood koos er toen voor om het ballistische contact te verbreken en zo ver mogelijk weg te komen zonder het slagschip uit het oog te verliezen. Zijn bedoeling was om te wachten op de komst van de nacht en onder dekking van de duisternis te proberen hem te naderen en hem te verslaan. Hij was nog maar net met de operatie begonnen of een treffer van de 280 deed de topmast van Ajax omvallen. Om 7.50 uur bedroeg de afstand tussen de Engelse kruisers en de «Graf Spee» meer dan 20.000 meter. Harwood koos er toen voor om het ballistische contact te verbreken en zo ver mogelijk weg te komen zonder het slagschip uit het oog te verliezen. Zijn bedoeling was om te wachten op de komst van de nacht en onder dekking van de duisternis te proberen hem te naderen en hem te verslaan. Hij was nog maar net met de operatie begonnen of een treffer van de 280 deed de topmast van Ajax omvallen. Om 7.50 uur bedroeg de afstand tussen de Engelse kruisers en de «Graf Spee» meer dan 20.000 meter.

HOOFDSTUK XVII
NAAR MONTEVIDEO

Om acht uur op de dertiende zeilde de «Graff Pee» met tweeëntwintig knopen naar de Río de la Plata, achtervolgd door de Engelsen buiten het bereik van de 280 kanonnen. De «Cumberland» bevond zich in Port Stanley en de kracht «K» zeilde naar Rio de Janeiro om olie te tanken en de zeerover te achtervolgen als hij de Atlantische Oceaan zou binnenvaren. De «Cumberland» kreeg toen de opdracht om zich bij het grootste deel van de Zuid-Amerikaanse vloot te voegen en voer al op volle snelheid naar het noorden.

Hoewel de "Graf Spee" geen grote schade had opgelopen, en haar artillerie, motoren en algemene besturing perfect functioneerden, was brandstof schaars en had ze munitie over voor dertig minuten gevecht. Voedsel was schaars en enige schade moest worden hersteld, voornamelijk in de keukens en bakkerijen, die waren verwoest door het vuur van de Engelse kruisers. In dergelijke omstandigheden kon de "Graf Spee" niets anders doen dan naar een neutrale haven gaan en tanken, voorraden laden en schade herstellen in overeenstemming met de regels van het internationale recht.

In de vroege uren van de nacht naderden de "Achilles" het slagschip tot een afstand van 19.000 meter, maar twee salvo's, een korte en een gefocuste, van de "Graf Spee" dwongen het om weg te gaan en een rookgordijn uit te stoten. Langsdorff beval dat de schoten met de boegkanonnen moesten worden afgevuurd om de Engelsen te doen geloven dat de achtersteven niet in orde waren. De truc had effect. Kort daarna naderden de "Ajax" en de "Achilles" opnieuw, met snel vuur geslagen door de strenge kanonnen.

Om elf uur 's morgens verscheen een Engels koopvaardijschip, de «Shakespeare», maar de «Graf Spee» bracht het niet tot zinken, aangezien Langsdorff het niet gepast achtte dit te doen zonder eerst de bemanning te redden. De Engelse stoomboot werd dus gered dankzij het nobele gedrag van de Duitse commandant. Deze probeerde echter die ontmoeting te gebruiken om de afstand tussen hem en zijn achtervolgers te vergroten. Hiervoor gaf hij een bericht aan de Engelse kruisers waarin hij zei dat ze de schipbreukelingen van het koopvaardijschip ophalen. Maar de truc had geen effect.

Vanaf dat moment brachten de Engelsen elk half uur via de radio de situatie en koers van de zeerover door, zodat de kooplieden die hen in de weg stonden op volle snelheid konden vertrekken.

Om 19:15 vuurde de «Graf Spee» twee salvo's af op de «Ajax», op 24.000 meter, die buitengewoon nauwkeurig waren, waardoor de kruiser snel moest vertrekken.

De monding van La Plata heeft drie ingangen. Een naar het noorden, tussen de Uruguayaanse kust en de Engelse oever. Een andere in het centrum, tussen de Engelse bank en de Ramen-bank, en een derde in het zuiden, tussen deze en Kaap San Antonio. De tweede is zeventien mijl lang en de zuidelijke is veertig. Harwood vreesde dat Langsdorff zou doen alsof hij naar Montevideo zou gaan en via een andere uitgang naar de volle zee zou ontsnappen. Hij liet de "Achilles" wachten bij de noordelijke uitgang en ging naar de centrale. Het zuiden werd onbewaakt gelaten, omdat het Cumberland nog niet was gearriveerd. De «Achilles» volgde het slagschip, gesilhouetteerd door de maan, en de afstanden werden kleiner naarmate de duisternis toenam. De Engelse kruiser koerste een beetje naar het NW om de peilinglijn naar de «Graf Spee» te brengen om samen te vallen met het azimut van de zon. op 20: 55 vuurde het Duitse schip op de «Achilles», veroorzaakte schade en dwong hem zich achter een rookgordijn te verschuilen. Maar de Engelse kruiser had ook tijd gehad om te vuren, reagerend op Duits vuur, en haar treffers landden in de buurt van de boegtoren van het slagschip, zonder ernstige materiële schade te veroorzaken, maar met enkele doden en veel gewonden. Onder hen waren Karl en Helmut. De eerste stortte in met een granaatscherf in zijn hoofd en de tweede werd tegen een stalen plaat gegooid en brak zijn been. Karl, die in een plas bloed lag, werd onmiddellijk opgepakt en naar de ziekenboeg van het schip gebracht, waarbij een wond heel dicht bij zijn linkeroog, naast zijn slaap, werd onthuld. Helmut had het dijbeen van zijn rechterbeen op verschillende plaatsen afgestoken en enkele lichte verwondingen. Maar de Engelse kruiser had ook tijd gehad om te vuren, reagerend op Duits vuur, en haar treffers landden in de buurt van de boegtoren van het slagschip, zonder ernstige materiële schade te veroorzaken, maar met enkele doden en veel gewonden. Onder hen waren Karl en Helmut. De eerste stortte in met een granaatscherf in zijn hoofd en de tweede werd tegen een stalen plaat gegooid en brak zijn been. Karl, die in een plas bloed lag, werd onmiddellijk opgepakt en naar de ziekenboeg van het schip gebracht, waarbij een wond heel dicht bij zijn linkeroog, naast zijn slaap, werd onthuld. Helmut had het dijbeen van zijn rechterbeen op verschillende plaatsen afgestoken en enkele lichte verwondingen. Maar de Engelse kruiser had ook tijd gehad om te vuren, reagerend op Duits vuur, en haar treffers landden in de buurt van de boegtoren van het slagschip, zonder ernstige materiële schade te veroorzaken, maar met enkele doden en veel gewonden. Onder hen waren Karl en Helmut. De eerste stortte in met een granaatscherf in zijn hoofd en de tweede werd tegen een stalen plaat gegooid en brak zijn been. Karl, die in een plas bloed lag, werd onmiddellijk opgepakt en naar de ziekenboeg van het schip gebracht, waarbij een wond heel dicht bij zijn linkeroog, naast zijn slaap, werd onthuld. Helmut had het dijbeen van zijn rechterbeen op verschillende plaatsen afgestoken en enkele lichte verwondingen. Onder hen waren Karl en Helmut. De eerste zakte in elkaar met een granaatscherf in zijn hoofd en de tweede werd tegen een stalen plaat gegooid en brak zijn been. Karl, die in een plas bloed lag, werd onmiddellijk opgepakt en naar de ziekenboeg van het schip gebracht, waarbij een wond heel dicht bij zijn linkeroog, naast zijn slaap, werd onthuld. Helmut had het dijbeen van zijn rechterbeen op verschillende plaatsen afgestoken en enkele lichte verwondingen. Onder hen waren Karl en Helmut. De eerste stortte in met een granaatscherf in zijn hoofd en de tweede werd tegen een stalen plaat gegooid en brak zijn been. Karl, die in een plas bloed lag, werd onmiddellijk opgepakt en naar de ziekenboeg van het schip gebracht, waarbij een wond heel dicht bij zijn linkeroog, naast zijn slaap, werd onthuld. Helmut had het dijbeen van zijn rechterbeen op verschillende plaatsen afgestoken en enkele lichte verwondingen.

Intussen was de zeerover binnen zeven mijl van de ingang van de haven van Montevideo gekomen, afgetekend tegen de lichten van de stad. Kort daarna ging hij voor anker in de haven van de hoofdstad van Uruguay en om 23.00 uur stopte de achtervolging.

Omdat de Engelsen niet wisten wanneer de «Graf Spee» de haven van Montevideo zou verlaten en er zelfs de mogelijkheid was dat ze dat diezelfde nacht zouden proberen, kozen ze ervoor om niet aan de uitgangen van de Río de la Plata te blijven, want ze waren afgetekend tegen de lucht en trokken naar zee op zoek naar het "Cumberland", dat op veertien december om twintig uur arriveerde.

Toen de 'Graf Spee' voor anker was gegaan, zorgde Langsdorff ervoor dat de gewonden van boord gingen en bracht ze onder in een ziekenhuis dat de Uruguayaanse regering ter beschikking had gesteld. Onder hen waren Karl en Helmut.

Helmuts verwondingen waren, ondanks hun opzichtige karakter, niet ernstig. Alleen het gebroken dijbeen gaf enig werk, maar uiteindelijk werden de botten op zijn plaats gezet en werden zijn been en een deel van zijn lichaam in het gips gezet. Karel was iets anders. De granaatscherven hadden verschillende belangrijke weefsels aangetast en veroorzaakten ook overvloedige tranen. Aanvankelijk hoopte niemand hem te redden, maar beetje bij beetje groeide de hoop, tot op een dag de arts die hem behandelde hem buiten gevaar verklaarde. Zijn vriend, die in een bed naast het hare lag en meer om Karls verwondingen gaf dan om haar eigen, kon zijn vreugde niet verbergen.

'Is hij een vriend van je? vroeg de dokter hem op een dag.

"Ja.

'Ken je zijn familie?

"Het ontbreekt eraan.

"In dat geval," vervolgde de dokter, "is het aan jou om hem slecht nieuws te brengen. Je vriend zal volledig blind zijn.

Helmut voelde zijn lichaam uitbarsten in het koude zweet. Met vreselijk opengesperde ogen en halfopen mond keek hij de dokter aan alsof hij niet helemaal begreep wat hij hem wilde vertellen.

"Over een paar dagen," zei de dokter, "zal ik het verband verwijderen dat zijn gezicht bedekt. Eerst zal hij zeker nog iets kunnen zien, maar al snel, over zestig dagen, zal hij voor altijd zijn gezichtsvermogen verliezen. Sorry. Het zal niet aardig van je zijn om het hem te vertellen.

Toen de dokter de kamer verliet, leunde Helmut achterover op het kussen en staarde naar het plafond van de kamer. Duizend gekke gedachten verdrongen zich wanordelijk in zijn verbeelding.

HOOFDSTUK XVIII
HET EINDE VAN «GRAF SPEE»

Langsdorff vroeg en kreeg toestemming van de Uruguayaanse autoriteiten zodat zijn schip vijftien dagen kon blijven, de tijd die hij nodig achtte om het slagschip te bevoorraden en te repareren, in de haven van Montevideo. Maar toen werd, ongetwijfeld onder Engelse druk, een commissie van technici aangesteld die oordeelde dat de schade aan de Graf Spee binnen tweeënzeventig uur hersteld kon worden.

Bij het uitbrengen van een dergelijk advies werd kennelijk geen rekening gehouden met de schade die het slagschip had geleden in de keukens en bakkerijen, waaruit een bemanning van duizend man moest worden gevoed. Als het internationale verdrag van Den Haag voorschrijft dat elk oorlogsschip dat in een neutrale haven voor anker gaat, mag worden voorzien van wat nodig is voor zijn navigatie, zonder echter zijn gevechtscapaciteit te vergroten, en binnen wat een schip kan doen zonder die capaciteit te vergroten, dan levert brandstof waarmee het een haven van zijn land kan bereiken, klaarblijkelijk binnen wat is toegestaan, het herstelt ook de schade die is opgetreden in zijn keukens en bakkerijen, zonder wiens operatie de bemanning niet zou kunnen eten en daarom het schip zou kunnen varen. Ondanks de inspanningen van de Duitse vertegenwoordiging kon niets worden bereikt, en de "Graf Spee" bereid om de nodige olie te laden om naar zee te gaan. Het bevoorradingswerk werd meerdere keren onderbroken door de Britten, maar uiteindelijk was het werk voltooid.

Langsdorff besloot in de nacht van de zestiende op de zeventiende Montevideo te verlaten, aangezien de Graf Spee alleen 's nachts enige kans had om te ontsnappen door de Engelse kruisers te slim af te zijn. Maar de commandant van het slagschip ontving een brief van de havenautoriteiten waarin hem werd meegedeeld dat het schip niet zou kunnen vertrekken voordat de periode van vierentwintig uur was verstreken sinds het vertrek van het Engelse koopvaardijschip «Dunster Grageu», dat was gemaakt naar zee om 18:15 uur, overeenkomstig het bepaalde in artikel zestien van de overeenkomstXLIIvan het Haags Verdrag. Dit dwong Langsdorff om niet vóór 18:15 uur op de zeventiende of na 20:00 uur op dezelfde dag te vertrekken, met vermelding van de tijd en de maat om de haven op klaarlichte dag te verlaten. Buiten wachtten de «Cumberland», de «Ajax», de «Achilles», de "K"-macht en het Franse slagschip "Duinkerke", dat zich toevallig in die wateren bevond, op hem. Zelfs in de veronderstelling dat de Graf Spee erin slaagde het contact met de schepen van Harwood te verbreken, zouden de vliegtuigen van de Ark Royal haar snel opmerken, en de «Renown» en «Duinkerken» zouden haar afmaken. Uitgaan in dergelijke omstandigheden betekende de vernietiging van het schip, of hoogstens het overschaduwen van de gemakkelijke Engelse overwinning door het zinken van een lichte kruiser.

Vervolgens regelde het Duitse gezantschap in Buenos Aires dat de «Graf Spee», in Buenos Aires zelf of in een andere haven, schade kon herstellen. Maar deze pogingen mislukten.

Omdat de internering van het schip, in termen van persoonlijke veiligheid, niet naar de zin was van het Derde Rijk, gaf het bevel het slagschip op te blazen. Langsdorff ontving het bevel, bleek als sneeuw. Hij zou toch liever zijn gestorven terwijl hij tegen de vijand vocht, dan een einde te maken aan de glorieuze pagina's die door zijn schip zijn geschreven door het te laten zinken in de groenachtige wateren van de Mar de La Plata. Maar omdat zijn gevoel voor discipline hem niet toeliet om hogere bevelen te bespreken, nam hij ze gelaten aan en bereidde hij zich voor om ze naar de letter uit te voeren. Hij beval dat vijfhonderd manschappen moesten worden overgebracht naar de «Tacoma», die nog steeds voor anker lag in Montevideo, en dat de rest van de gewonden die, vanwege hun lichte karakter, aan boord waren gebleven, van boord moesten worden gegaan. Om 18:18 ontmeerde de «Graf Spee» en verliet de haven gevolgd door de «Tacoma». Een paar mijl van hem vandaan,

Een geweldige explosie die als een kreet van pijn door de ruimte weergalmde, schokte de Duitse matrozen die vanuit de «Tacoma» de doodsangst van het schip aanschouwden. Het slagschip sloeg hevig naar stuurboord. Kort daarna blies een andere explosie een van de torens van 280 millimeter uit en de «Admiral Graf Spee» zonk voor altijd onder de wateren van de Atlantische Oceaan. Langsdorff begroette met vochtige ogen voor de laatste keer het schip waarmee hij zoveel prestaties op de oceaan had geleverd in dienst van zijn land, en keerde zich om en voer in een motorboot naar Montevideo.

* * *

Karl en Helmut zaten comfortabel op hun ziekenhuisbedden. De eerste had zijn blinddoek al verwijderd en, zoals de dokter aan Helmut vertelde, hij zag relatief goed.

"Ik moet toegeven dat ik veel geluk heb gehad", zei hij. "Als dit stuk granaatscherven me twee centimeter verder naar achteren had geraakt, zou het me ter plekke hebben gedood.

'Ja, Karl, je hebt geluk gehad,' zei Helmut op zijn beurt, zijn vriend bedroefd aankijkend.

"En hoe gaat het met jou?

"Perfect!" verzekerde Helmut. "De mijne maakt niet uit.

'Ik voel me als een wolk voor mijn ogen,' zei Karl terwijl hij zijn hand over zijn voorhoofd streek. "Het is normaal, de wond is ernstig en ik voel me er nog steeds slecht over.

Zijn vriend sloeg zijn ogen neer op de grond en zei toen, alsof hij veel moeite deed:

"Hé Karel. Je moet één ding weten. "Helmut aarzelde, de woorden kwamen er niet uit en hij wist niet hoe hij de vraag moest aanpakken.

"Je gaat zeggen.

Helmut wilde net iets zeggen toen een verpleegster binnenkwam, gevolgd door Langsdorff. De Duitse kapitein liep naar beide vrienden en stak zijn hand uit.

"Ik heb al vernomen dat je heel erg hersteld bent, waar ik erg blij mee ben.

Ze hebben lang gepraat. Ten slotte stond Langsdorff op van de stoel die hij bezette, draaide zich naar hen beiden toe en zei:

"Binnenkort word je gerepatrieerd. Onze vertegenwoordigers in Uruguay hebben alles geregeld zodat de gewonden zo snel mogelijk naar Duitsland kunnen worden gestuurd. Daar zullen ze hun genezing beëindigen. "Toen gaf hij Karl een witte envelop en vervolgde: "Bezoek alsjeblieft mijn familie, je woont in Berlijn, en je adres staat op de envelop. Vertel ze wat er is gebeurd, vertel ze dat ik me veel herinner van iedereen en deze brief aan mijn vrouw.

'Maak je geen zorgen, mijn kapitein, ik doe het wel zo.

Langsdorff nam afscheid van hen en liep naar de deur. Hij had een paar stappen gelopen toen hij zich langzaam omdraaide en zei:

"Ik ben erg blij dat ik ze onder mijn bevel heb gehad. "Kort daarna verliet hij de kamer.

De volgende dag ontdekten Karl en Helmut dat Hans Langsdorff zich van het leven had beroofd door zichzelf in de tempel neer te schieten. Geleid door een verkeerd begrip van eer, wilde degene die het Duitse slagschip «Admiraal Graf Spee» tot dan toe zo succesvol had bestuurd, zijn schip niet overleven. Zonder er rekening mee te houden dat dit niets zou verbeteren, omdat het land, naast morele redenen, in de toekomst meer diensten van hem zou kunnen eisen.

"We hebben allemaal verloren met zijn dood", zei Helmut, intens aangeslagen. "Langsdorff heeft zijn leven verloren, Duitsland een groot zeiler en wij een goede vriend.

HOOFDSTUK XIX
TERUG NAAR HET LAND

De Duitse vertegenwoordiging in Montevideo kreeg spoedig toestemming van de Uruguayaanse regering zodat de gewonde bemanningsleden van de «Graf Spee» naar Duitsland konden worden gerepatrieerd. En dus, twee weken nadat het slagschip door haar bemanning was opgeblazen, werden vijftig mannen, waaronder Karl en Helmut, op een Argentijnse stoomboot gezet op weg naar Europa.

Op een ochtend, toen beide vrienden aan dek stonden te kijken naar het kielzog dat het schip achterliet, leek het Helmut het juiste moment om Karl op de hoogte te stellen van zijn grote ongeluk.

"Ik ben blij dat ik naar Duitsland kan terugkeren", zei hij om het gesprek op de een of andere manier te beginnen, "maar het spijt me om deze zeeën die zoveel herinneringen voor ons bevatten, te verlaten.

"Hetzelfde overkomt mij", verzekerde Karl, "ik zal dit alles niet snel vergeten.

'Herinner je je Kaapstad en de ontberingen die we hadden om voor de Engelsen te vluchten?

'Ja, en ook van Jenny. Ze heeft mijn leven gered ten koste van haar. Ik zal haar altijd herinneren.

'Hé, Karl,' zei Helmut toen, het gesprek op de grond brengend dat hij wilde. "Heb je weer ongemak in je ogen opgemerkt?

'Heel vaak, en steeds vaker,' antwoordde zijn vriend, terwijl hij met beide handen een onzichtbare sluier probeerde af te scheuren. "Zodra ik in Duitsland aankom, ga ik naar een goede specialist; Ik begin ongerust te worden.

Helmut slikte moeizaam, opende en sloot zijn mond een paar keer, en eindelijk beseffend dat hij vroeg of laat de waarheid zou moeten weten, nam hij een besluit.

'De dag dat Langsdorff ons in het ziekenhuis bezocht, probeerde ik je iets te vertellen dat je moet weten, dat je moet weten. Zijn komst onderbrak me, maar nu moet je naar me luisteren. 'Helmuts gezicht was geel, bijna kleurloos, en zijn woorden waren onzeker en onhandig. Maar hij deed veel moeite en vervolgde: 'De wond die je op je hoofd hebt opgelopen, is veel ernstiger dan je denkt, Karl.

'Serieus, zegt u? Maar de dokter verzekerde me dat het niet gevaarlijk was!

"Het brengt je leven niet in gevaar, dat is waar; maar de granaatscherven tastten je oogzenuwen aan en binnen twee maanden... ben je je gezichtsvermogen kwijt. "Helmuts voorhoofd gleed grote zweetdruppels uit.

'Wat zeg je?' vroeg Karl, alsof hij het niet helemaal had begrepen.

'Je hebt me perfect begrepen, Karl. Het spijt me dat ik je zo slecht nieuws moest brengen, maar de dokter raadde me dat bij verschillende gelegenheden aan.

"Betekent dit dat ik nooit meer zal zien? Wat zal ik blind zijn?

'Helaas wel,' zei Helmut, terwijl hij een hand op de schouder van zijn vriend legde.

Even stond Karl stil, als een standbeeld, starend naar de zee. Toen draaide hij zich langzaam om en begon doelloos te lopen, niet wetende waar hij precies heen ging. Toen stopte hij, hief zijn handen voor zijn gezicht, zonk op een bank tegen de muur en slaakte een snik van wanhoop.

* * *

Een paar dagen later ging het schip voor anker in een Duitse haven en werden de gewonden aan land gebracht en in een militair hospitaal geplaatst. Karl ontving verschillende erkenningen. Helmut hoopte nog steeds dat de Uruguayaanse arts het bij het verkeerde eind had en dat Karls gezichtsvermogen nog gered kon worden. Maar al snel was hij gedesillusioneerd. Alle specialisten waren het erover eens dat hij spoedig zou stoppen met het onderscheiden van objecten en dat zijn zicht spoedig volledig zou worden uitgedoofd, dat wil zeggen dat hij volledig blind zou zijn.

Karl ontving de diagnose met volledige onverschilligheid, wat Helmut niet leuk vond. Als zijn vriend had geschreeuwd, of wanhopig was geworden en zelfs als hij had gehuild, zou zijn reactie een logische en normale verklaring hebben gehad, maar die verontrustende stilte, die totale onverschilligheid voor zijn ongeluk, maakte hem bang.

"Je moet weten hoe je jezelf moet neerleggen en proberen jezelf een beetje op te vrolijken. Dit is hopeloos en er is niets aan te doen "ik zei het je toch". Wat er met je gebeurt is erg pijnlijk en we begrijpen het allemaal. Maar vergeet niet dat velen meer verloren dan jij. Denk aan de metgezellen die nu op de bodem van de zee liggen en... denk ook aan Jenny.

"Arme Jenny!" riep Karel toen uit. 'Hoe nutteloos was uw offer!

'Nee, Karl, het was niet nutteloos. Je hebt nog veel dingen over in het leven, waaronder Naty.

'Ik wil haar niet meer zien! ' zei hij, zijn hoofd in zijn handen nemend.

'Maar ze weet niet dat je hier bent!' zei Helmut. 'Hoe dan ook, als je haar niet gaat zien, ga ik haar alles vertellen.

"Nee!" Schreeuwde Karl. "Nee doe dat niet. Ik zal gaan, dat beloof ik je, want het is tenslotte nodig. Ze moet veel dingen weten en ik wil mezelf verzadigen met het beeld van haar nu ik het nog kan zien. Later... zal mij alles onverschillig zijn.

Dagen later arriveerden beide vrienden in Wilhelmshaven en keerden terug om dezelfde weg te volgen die ze een paar maanden eerder hadden gevolgd. Ze reden in een auto, dezelfde "Mercedes" die ze de vorige keer hadden gebruikt, maar deze keer zat Helmut achter het stuur en Karl keek naast hem naar het snel voorbijtrekkende landschap, dat al enigszins bewolkt was.

De auto stopte voor het huis van Müller en Karl, zich tot zijn vriend wendend, zei:

'Blijf hier, het zal beter zijn.

Het vrolijke geluid van de deurbel weergalmde door het hele huis en vrijwel onmiddellijk werd de deur opengeworpen. Naty's slanke silhouet verscheen in de deuropening en met een kreet van vreugde wierp ze zich in Karls armen. Het meisje, nog steeds niet bekomen van haar verbazing, lachte en huilde tegelijk en stelde duizend vragen, waarvan de meeste onsamenhangend.

Ze gingen het huis binnen en gingen bij de brandende open haard in de woonkamer zitten. Het was winter en extreem koud. Karl staarde naar de vlammen die de houtblokken op de haard verslonden, en realiseerde zich tot zijn afgrijzen dat de schittering van het vuur nauwelijks pijn deed aan zijn ogen.

Toen Naty's uitingen van vreugde afnamen, stond Karl, die het meisje dwong haar hoofd van zijn schouder op te heffen, op.

'Waar is je moeder?' vroeg hij.

"Op de bovenste verdieping. Maar laat haar nu. Ik wil alleen met je zijn, we zullen haar naar haar noemen.

'Naty' zei Karl, 'je hebt me in korte tijd zoveel vragen gesteld, dat ik niet weet welke ik eerst moet beantwoorden. Maar allereerst wil ik dat je één ding weet. Jarenlang heb ik wanhopig met mezelf gevochten om je iets te laten weten wat je niet weet, maar het ontbrak me altijd aan de nodige moed. Bij verschillende gelegenheden ben ik in de verleiding gekomen om voor altijd bij je weg te gaan, gekweld door een geheim dat te verschrikkelijk is voor mijn geweten, maar het is me niet gelukt, Naty. Maar nu wil ik dat je de waarheid weet, iets dat je zeker zal schrikken, maar dat je zou moeten weten, aangezien het voor mij onmogelijk zou zijn om aan je zijde te leven als je het nog langer negeerde. Beoordeel me dan zoals je wilt.

Naty, tussen geïntrigeerd en geamuseerd, volgde Karls bewegingen tijdens zijn nerveuze wandelingen door de kamer. Eindelijk stopte hij en begon te praten. Zijn verhaal strekte zich uit vanaf het moment dat hij Harold Müller ontmoette op de kruiser «Staal» tot de dood van Naty's vader. Toen hij klaar was, had het meisje, met haar gezicht bedekt, lange tijd bitter gehuild.

Karl ging naar haar toe en probeerde haar hand te pakken, maar Naty trok hem weg, stond op en liep vol afschuw van hem weg.

"En je zei dat je van me hield? "riep ze uit met een gebroken gezicht." En had je de moed om me te benaderen met leugens en onwaarheden totdat je ervoor zorgde dat ik verliefd op je werd? Van jou... van de moordenaar van mijn vader!

Karl deed een paar stappen naar voren.

"Blijf weg!" schreeuwde het meisje hysterisch. 'Ga, ga nu meteen, ga uit dit huis, waar je nooit had mogen binnenkomen!

Hij begreep dat Naty's besluit onbreekbaar was en dat hij haar voor altijd had verloren, maar in plaats daarvan ervoer hij een vrede en sereniteit zoals hij in lange tijd niet had gevoeld. Hij liep naar de deur, pakte zijn matrozenpet van een stoel en wendde zich tot het meisje, dat nog steeds snikkend in een leunstoel zat, en zei:

'Tot ziens, Natty. Ik zal je nooit meer zien.

'Dat zou ik graag willen,' voegde ze eraan toe, terwijl Karl de deur opende die toegang gaf tot de straat.

Naty kon toen niet vermoeden met welke tragische nauwkeurigheid haar wensen zouden worden vervuld.

HOOFDSTUK XX
HELMUT ROOKT VIER SIGARETTEN

Er ging enige tijd voorbij, nogal wat, sinds Karl het Müller-huis verliet, en hij hoorde nooit meer van Naty.

Helmut, van zijn kant, hersteld van zijn verwondingen, werd toegewezen aan het slagschip «Von Tirpitz», waar hij zich bij voegde na een lang verlof dat hem werd verleend bij zijn terugkeer naar Duitsland. Geen moment was hij gescheiden van zijn vriend, die hij zelfs meenam als hij zijn familie ging bezoeken. Helmuts vader bood Karl op verzoek van zijn zoon een baan aan in de kantoren van zijn kunstzijdefabriek, die hij relatief goed had kunnen doen ondanks zijn blindheid, die toen bijna vol was. Maar hij verwierp het, omdat hij begreep dat de hand die naar hem werd uitgestoken bewogen werd door een gevoel van medelijden. Hij verontschuldigde zich door te zeggen dat hij lang wilde rusten en dat het pensioen dat hij prompt van de staat ontving, hem in staat stelde te leven, zo niet comfortabel, in ieder geval zonder economische tegenspoed.

Helmuts verlof liep af en hij trad toe tot zijn nieuwe opdracht. Karl woonde enige tijd bij de ouders van zijn vriend, die hem niet wilden laten gaan. Maar uiteindelijk deed hij dat, en hij vestigde zich naar zijn middelen in een bescheiden pension in Neurenberg.

Ondertussen deed Naty, die niet op de hoogte was van Karls treurige toestand, een poging om alles wat met hem te maken had in de vergetelheid te brengen, zonder succes. Ze herhaalde keer op keer in gedachten alle woorden die de jongen gebruikte om de gebeurtenissen te vertellen die enkele jaren geleden plaatsvonden en die haar vader het leven kostte. Ze probeerde een rechtvaardiging te vinden voor Karls gedrag, iets dat hem zou verontschuldigen, of in ieder geval zijn fout zou verminderen, en haar er tegelijkertijd van zou overtuigen dat wat er was gebeurd niets meer was dan toeval, een verschrikkelijke kans. Maar daarmee bereikte ze niets anders dan in haar ogen de schuld te vergroten van de man die dat ongeluk veroorzaakte.

Op een dag, toen het meisje in gedachten verzonken op een bankje in de tuin van haar huis zat, kwam haar moeder naar haar toe.

"Naty", zei hij, "ik wil al heel lang met je praten. Wat is er echt gebeurd tussen jou en Karl?

Zij, die haar een andere uitleg had gegeven dan de authentieke, negeerde dat haar moeder de waarheid al heel lang kende, antwoordde:

"Nu weet je het. Het klikte niet tussen Karl en ik. Onze manier van leven was heel anders en toen we ons dat realiseerden, besloten we in onderling overleg uit elkaar te gaan. Dit is alles.

"Naty" vervolgde mevrouw Müller, "ik heb je goed in de gaten gehouden en ik kan je verzekeren dat er iets mis is met je. Je bent constant verdrietig en neerslachtig en ik heb je talloze keren zien huilen. Als ik met je praat, antwoord je niet of je lijkt wakker te worden uit een diepe slaap. Wat heeft Karl je verteld de laatste keer dat hij je kwam opzoeken?

"Niets, mama. Je weet wat er is gebeurd, en...

'Karl heeft je iets verteld dat vele jaren geleden is gebeurd, toen hij met je vader op de kruiser 'Staal' diende, toch?

Het meisje kon een onwillekeurige beweging van verbazing niet onderdrukken.

"Hij heeft niet "zwak verzekerd", hij heeft me daar niets over verteld.

Mevrouw Müller ging naast Naty zitten en nam haar handen in de hare.

'Mijn dochter,' zei ze, 'ik denk dat je Karls fout te hard hebt beoordeeld.

'Maar mama, weet je...?

'Ja, dochter, ik weet het. Ik weet het al lang. Karl zelf vertelde me alles een paar dagen nadat het gebeurde.

"Maar hoe zou hij durven...?

en het is niet eerlijk om te doen alsof Karl de verantwoordelijke is. Aan de andere kant, was Karls gedrag erger door de drank te misbruiken, of dat van de anderen door het toe te staan? Nee, Naty, je hebt de zaak vanuit een verkeerd standpunt beoordeeld.

"Maar mam!" Toen zei het meisje. 'Heb je het hem vergeven?

'Ja, Natty. Ik heb hem zijn kleine fout meteen vergeven. Karl heeft veel geleden en al die jaren is de dood van je vader een voortdurende obsessie met hem geweest. Hij heeft zich altijd meer verantwoordelijk voor zijn dood gevoeld dan hij in werkelijkheid is.

"Als hij je alles heeft verteld, waarom heeft hij het dan voor mij verborgen?" vroeg Naty.

'Omdat ik hem dat gevraagd heb,' zei mevrouw Müller glimlachend. 'Ik wist dat het moeilijker voor je zou zijn om het te begrijpen, maar blijkbaar kon hij het niet langer voor je verbergen. Het is eens te meer een bewijs van zijn adeldom en zijn oprechte berouw.

"Welke gevolgen had het voor hem vanuit een carrièreperspectief? vroeg het meisje.

"Hij werd voor de krijgsraad gebracht, want ondanks het feit dat zijn metgezellen zwegen, bracht hij het onder de aandacht van de kapitein van de «Staal». Het is me echter gelukt om de procedure te laten afwijzen en hij werd hersteld in zijn functie. Je vader zou het zo gewild hebben.

Naty wierp zich huilend in de armen van haar moeder.

"Ik ben dom geweest! 'Zei ze tussen de snikken door.' Nu begrijp ik alles, nu ik hem voorgoed kwijt ben.

'Nee, Naty, je bent hem niet kwijt,' ontkende mevrouw Müller. 'Karl houdt heel veel van je, en als je hem gaat zoeken, zul je je verzoenen.

Dat deed het meisje dus ook. Ze heeft hem lange tijd tevergeefs gezocht in heel Duitsland. Ze bezocht zijn voormalige klasgenoten, maar geen van hen wist hoe ze haar over Karl moesten vertellen, niemand wist waar hij was. Ze sprak met Helmuts ouders, aangezien hij afwezig was, en ook zij konden haar niet begeleiden. In de officiële organisaties waarvan Karl zijn maandelijkse pensioen ontving, vertelden ze hem dat het naar luitenant Helmut Berling was gestuurd, omdat de belanghebbende het zo had geregeld, en dat hij het aan hem overhandigde. Zo ging er weer een jaar voorbij zonder dat Naty's hoop verflauwde.

Op een dag, toen het meisje in het gezelschap van een vriend langs de Under der Linder liep, kruiste een groep mariniers haar pad en ze wierp een moment haar ogen afwezig. Ze stopte plotseling, want ze had Helmut net herkend. De jongen was geanimeerd aan het kletsen met zijn metgezellen en merkte haar niet op. Naty rende hem tegemoet en greep hem bij de arm. Helmut draaide zich snel om en staarde haar met een koude uitdrukking aan.

"Hallo, Naty! "Zei hij". Wat een verrassing!

'Helmut,' riep ze smekend uit. 'Waar is Karel? Ik moet het weten.

'Je verrast me, Naty! ' verzekerde hij met een cynische glimlach. 'Wat wil je over Karel weten?

'Ik wil je vragen me te vergeven voor mijn dwaze gedrag,' zei ze. "Ik had nooit gedacht dat ik zo oneerlijk tegen hem zou kunnen zijn!

'En dit, Naty, kon je het niet eerder begrijpen? ' vroeg Helmut. 'Denk je niet dat het al een beetje laat is?

'Nee Helmut, het is nog niet te laat, dat kan niet! Ik hou meer dan ooit van Karl en ik weet zeker dat hij ook van mij houdt en dat hij zal weten hoe hij me kan vergeven. Toen ik de waarheid leerde kennen, kon ik niet anders reageren, maar sindsdien heb ik tijd gehad om langzaam en...

'Hé, Naty,' zei Helmut, de toon van zijn woorden zachter makend. 'Niemand kan het je kwalijk nemen en ik ook niet. Het was moeilijk te raden dat zoiets ooit had kunnen gebeuren, en je reactie was deels natuurlijk en logisch. Aan deze kant is er geen belemmering voor uw terugkeer naar Karl, aangezien hij nooit rekening heeft gehouden met uw gedrag. Maar er is nog iets, Karl is niet meer dezelfde als voorheen.

'Dit maakt niet uit. Ik zal ervoor zorgen dat hij degene wordt die jij en ik kenden.

'Hij is blind, Naty.

"Dit maakt ook niet uit. Ik ben ervan overtuigd dat hij zal begrijpen dat ik...

"Nee, Naty" onderbrak Helmut met een bittere glimlach. 'Dat soort blindheid bedoel ik niet, maar iets heel anders. Karl is blind in de meest letterlijke zin van het woord, hij kan niet zien, begrijp je?

Een verschrikkelijke stuiptrekking ging door het lichaam van het meisje. Alsof ze niet begreep wat Helmut bedoelde, hief ze langzaam een hand op om tegen haar rechterwang te rusten. Haar verloren ogen staarden zonder te zien.

'Blind?' mompelde ze.

'Het spijt me dat ik je zo'n pijn moest doen', zei Helmut, Naty bij een arm grijpend, omdat hij bang was dat ze elk moment op de grond zou instorten. 'Een stuk Engelse granaatscherf nestelde zich in zijn hoofd, naast zijn slaap, en raakte zijn oogzenuwen aan. Toen hij je ging bezoeken, zag hij nog iets, een beetje, maar het was voor hem niet mogelijk om de voorwerpen en sommige details ervan te onderscheiden. Hij vertelde me dat hij je in zijn verbeelding wilde graveren voordat...

Naty, toch een verliefde vrouw, wist niet hoe ze op haar pijn moest reageren, behalve met tranen, hoewel in dit geval gedeeltelijk terecht, en tussen snikken verborg ze haar gezicht tegen Helmuts borst, die, bang, niet wist aan welke kant deelnemen.

* * *

Karl had zich, naar zijn middelen, in een bescheiden pension in Neurenberg gevestigd. Behalve Helmut was niemand op de hoogte gebracht van zijn verblijfplaats. Hij gaf niet op en hoopte zijn leven te kunnen aanpassen aan de nieuwe omstandigheden die het lot hem had gegeven, maar zolang hij niet een beetje aan zijn nieuwe bestaan zou wennen, bleef hij liever weg van alles wat met zijn verleden. verwant was.

Zijn eerste bedoeling was om te proberen te vergeten wat er was achtergelaten en om te wennen aan het idee dat er een nieuw leven voor hem begon, waaraan hij zich moest aanpassen totdat hij het relatief gemakkelijk kon redden. Maar hoewel hij langzaam de laatste kreeg, was het integendeel niet mogelijk om de herinneringen aan zijn vorige bestaan uit te wissen. Tijdens zijn lange wandelingen door Neurenberg, die hij al uit zijn hoofd kende, en tijdens de nachten dat hij lange uren wakker bleef, werden in mijn verbeelding een lange reeks bekende beelden aangehaald, die vorige afleveringen tot leven brachten, waarin hij een hoofdrol. Aanvankelijk stoorden deze herinneringen hem en hij probeerde ze weg te duwen, maar al snel realiseerde hij zich dat zijn evocatie de enige bron was waaruit de meest aangename momenten voortkwamen van die innerlijke wereld waarin hij opgesloten zat. Ontelbare keren herleefde hij de odyssee van de "Graf Spee" sinds hij het land van zijn vaderland verliet, totdat hij verdween, verzwolgen door de golven van de Atlantische Oceaan, door alle perikelen die hij moest doormaken op zijn lange reis . Helmut en de andere metgezellen van de zeerover van het slagschip, de commandant, de ongelukkige kapitein Hans Langsdorff en Naty, die geen enkel moment kon vergeten, namen een voorkeursplaats in zijn herinneringen in, en lieten ook een voorkeursplaats achter voor Jenny, de mooie meisje dat haar leven wilde opofferen om dat van Karl te redden.

Toen hij op een dag door een kleine tuin liep die het pension waar hij verbleef aan de achterkant had, kreeg hij te horen dat een luitenant van de marine hem wilde spreken. Hij raadde meteen wie het was, en met grote vreugde beval hij de bezoeker te brengen waar hij was.

Kort daarna omhelsde Helmut zijn vriend en hij kon de emotie nauwelijks bedwingen. Ze gingen op een houten bank zitten, terwijl

Naty, een paar passen achter haar, Karl aankeek door de tranen die haar ogen bedekten.

'Wat ben ik blij je weer te zien! zei Helmut tegen zijn vriend. 'Je moet me veel dingen vertellen. Hoe verdeel je de tijd? Waar gebruik je het voor?

Karl gaf hem een korte samenvatting van zijn activiteiten en vertelde hoe hij langzaam aan zijn nieuwe leven begon te wennen.

'En jij? Hoe stelt je huidige lot je op de proef?

'Heel goed, Karel. Ah, de "Tirpitz"! Wat een schip! Als Langsdorff het had gehad in plaats van de «Graf Spee», had hij kunnen lachen om de "K"-kracht en de hele divisie van Zuid-Amerika. "Toen veranderde hij de toon van zijn stem en vroeg: "Denk je niet, Karl, dat je hier heel alleen woont? Waarom sta je erop om weg te komen van de wereld waarin je altijd hebt geleefd en van al degenen die je waarderen?

'Het is beter zo,' zei Karl. In die wereld waar je naar verwijst is er geen plaats meer voor mij. Ik ben niets meer dan een arme nutteloze, een belemmering...

"Je hebt het mis, Karl" ontkende zijn vriend. "Je zult alleen een belemmering zijn voor zover je wilt. Het is een vergissing om te denken dat een eenvoudig lichamelijk letsel, hoe vervelend ook, een einde kan maken aan een heel leven. Je hebt veel dingen achter je gelaten en je hoeft niet de rest van je bestaan alleen van herinneringen te leven, je hebt nog steeds echte dingen binnen handbereik.

"Nee, Helmut. Het is beter om de dingen te laten zoals ze zijn. Ik raak gewend aan het idee dat alles een nachtmerrie is geweest en dat de enige realiteit dit is. Het is waar dat ik bij veel gelegenheden de herinnering aan het verleden niet kan vermijden, voornamelijk enkele van zijn aspecten, en ik hou er niet van om het opnieuw te beleven, maar ik weet nog steeds niet of degene die erin slaagt wat geheugen te bewaren of degene die ze allemaal verliest, gelukkiger is.

Naty had het gesprek tussen de twee mannen gevolgd met ingehouden adem en grote angst weerspiegeld op haar gezicht. Helmut stond op, legde een hand op de schouder van zijn vriend en zei:

"Nu ik het me herinner: ik moet de taxi betalen, die moet nog voor de deur staan te wachten. Ik ben zo terug. Met een snelle stap liep hij weg.

Karl werd alleen gelaten, althans dat dacht hij. Hij leunde achterover op de bank, wachtend op Helmuts terugkeer, en stak zonder veel moeite een sigaret op. Even later meende hij voetstappen te horen, heel zwak en gedempt, op het grind van de tuin.

'Ben jij dat Helmut? "hij vroeg.

Niemand heeft geantwoord. Nu was hij er zeker van dat hij heel dichtbij langzame voetstappen duidelijk hoorde. Er was geen twijfel dat er iemand naderde en Karl probeerde tevergeefs de duisternis om hem heen binnen te dringen en te controleren wie hij was, met zijn hoofd naar de kant gekeerd waar het geluid vandaan kwam.

'Ben je al terug, Helmut? ' vroeg hij opnieuw. Maar ook deze keer kreeg hij geen antwoord.

Met een zesde zintuig voelde hij de nabijheid van een lichaam en kort daarna de aanraking van een zachte hand in zijn eentje. Hij schokte alsof hij door een elektrische schok werd geschud en probeerde op te staan, maar het lukte niet. Twee armen waren om zijn nek geslagen en bijna tegelijkertijd voelde hij de zoete druk van lippen op de zijne. Toen klonk een stem die hem heel dierbaar was dicht bij zijn oor als een fluistering:

'Karel, vergeef me.

"Naty! 'Hij kon nog steeds mompelen voordat hij het middel van het meisje omsloot.

Helmut dronk zijn vierde sigaret op, drukte hem tegen een asbak en maakte zich klaar om terug te keren naar Karl. Maria, de eigenaresse van het pension, kwam hem tegemoet.

'Blijf je hier overnachten? "Zij vroeg.

Voordat Helmut antwoordde, deed hij een paar stappen en stopte hij voor een groot raam dat uitkeek over de hele tuin. Toen draaide hij zich langzaam om met een brede glimlach op zijn lippen.

"Nee, Maria", zei hij. "Het spijt me u ook te moeten mededelen dat u een goede klant bent kwijtgeraakt. Help me de tassen van meneer Weber in te pakken, we vertrekken allemaal vandaag.

En hij begon naar Karls kamer te lopen.

EINDE

131